Последняя жертва.

Глава первая.

- Нет, Сэмюэл, пожалуйста, не думай, что я позволю тебе командовать на моей собственной кухне! На службе – да, на службе я подчиняюсь тебе беспрекословно, но это совсем не значит, что я и дома нахожусь всецело в твоём распоряжении!- выпалила Джанет Доусон, ожесточенно кромсая лук, и злясь больше на резь в глазах, чем на мужа.

- Бунт? Сопротивление властям?- грозным баритоном рыкнул великан Доусон, местный шериф, с нежностью и лукавством поглядывая на свою маленькую воинственную подругу.

Недостаток роста – Джанет едва доставала ему до плеча – супруга компенсировала агрессивностью гремучей змеи, и Сэмюэл не раз задавался вопросом, что было бы, прибавь природа всего пару дюймов его обожаемой коротышке

- А если бунт? Если сопротивление? Что ты сделаешь? Упечешь меня в камеру из-за того, что я забыла купить сладкий перец?- подбоченясь, Джанет с вызовом глянула мужу в лицо.- Иди-ка отсюда подобру-поздорову, не зли меня , о*кей?!..

     Джанет Доусон, как и любая женщина, взявшаяся приготовить ужин, терпеть не могла непрошенных советчиков – почему бы, в конце-концов, Сэмюэлю просто-напросто не подремать часок у телевизора?

- Я просто посижу рядом с тобой, договорились?- миролюбиво предложил тот.- Даю честное слово, что больше не стану напоминать тебе о сладком перце … ну как, идет?

- Ладно, липучка, твоя взяла,- буркнула Джанет, пряча улыбку.

     Итак, ритуал был соблюден.

     Пятнадцать лет назад, выходя замуж за простого полицейского, Джанет и думать не могла, что ее мужу суждено дорасти до шерифа… а вот поди ж ты, старик Макферсон ушел в отставку, и Сэмюэл по праву занял его место, дав Джанет убедиться, что если жене полицейского трудно, то быть замужем за шерифом труднее вдвойне. Кто знает, смогла бы она выдержать этот марафон, если бы не колючий характер, за который Сэм любит ее сейчас едва ли не крепче, чем тогда, в 85-ом?

- В эфире «Криминальные новости», с вами Рут Диксон,- взорвал воцарившуюся тишину напористый женский голос, и Сэм встрепенулся – по возможности, он старался не пропускать вечерние эти выпуски и, хотя молодая бесцеремонность Рут немного его коробила, он считал, что этой девочке суждена блестящая репортерская карьера.

- Убийства Доны Макдауэлл и Эрики Боу до сих пор остаются нераскрытыми – даже спустя три месяца полиция не может сказать ничего определенного. Между тем, возмущенные налогоплательщики…

Доусоны переглянулись, и Джанет саркастически вздернула брови.
- Эта девица- настоящий стервятник, она питается падалью и не видит в том ничего зазорного.

- Телевизионщики падки на сенсации, любовь моя, ты же знаешь.

- Есть сенсации и ... сенсации. Какой смысл день за днем пережевывать одно и то же? Неужели нет другого, более честного способа сделать карьеру?

- Ну почему же? Некоторые девушки спят со своими боссами,- ухмыльнулся Сэм.

- Я тоже сплю со своим боссом,- фыркнула Джанет, возвращаясь к прерванной на время готовке.- и, однако, до сих пор не получила от него ни повышения, ни малейшей прибавки к жалованью …а ? Что скажешь?

Глава вторая.

- Нет, Джиллиан, даже не думай. Я не позволю тебе отправиться на ночь глядя в этот дурацкий клуб,- пытаясь хоть чем-то смягчить резкость своих слов, Стела Райдер ласково потрепала по щеке свою насупленную, недовольную пятнадцатилетнюю дочь.- Ну же, детка, пожалуйста, хватит дуться! Можно подумать, сегодня последняя вечеринка в твоей жизни.

Посидим вдвоем у телевизора, посмотрим шоу Бенни Хилла …тебе ведь нравится это шоу, верно?

Джиллиан скривилась как от зубной боли.

- Ох, мама, пожалуйста, перестань разговаривать со мной, как с несмышленышем!

- В чем дело, дорогая, ты можешь мне объяснить?
- Мне нужно попасть туда! Позарез нужно, понимаешь?!
- Сказать по правде, не очень.

- Мама, я гонялась за Стэном четыре месяца, то есть, не то, чтобы гонялась, а…ну, неважно. С таким трудом увела его у Дороти Гриффит, нейтрализовала Мелиссу Паркер, пригрозив, что мы с Лиззи отделаем ее как бог черепаху, если она не перестанет путаться у меня под ногами…Так вот, сегодня у нас первое свидание, а ты хочешь заставить меня торчать дома перед телевизором?!..

- Джил, девочка…

- Только не говори, что ты в ужасе от услышанного, что тебя шокирует мое поведение, что раньше все вели себя по-другому. Сто лет назад вообще носили кринолины и батистовые подвязки!

- Джил, дай же мне сказать!

- Мамочка, я знаю наперед все, что ты скажешь. Молоденькая девушка должна вести себя скромно, краснеть, когда к ней обращаются взрослые, и не мастурбировать под одеялом, потому что отвалятся руки. Можно подумать, мы живем в средневековой Испании или в монастыре. Ну? Так что? Могу я поехать в клуб?

- Мне жаль, Джиллиан, но…
- Я тебя… Я тебя ненавижу!- яростно выпалила девочка.- Зануда! Ты просто чертова старая зануда!

Злые слезы серебристыми дорожками заструились по ее лицу. Полоснув мать гневным взглядом недобро сузившихся глаз, она резко, порывисто развернулась и, спотыкаясь и оскальзываясь на ступеньках, ринулась вверх по лестнице. Пару секунд спустя где-то в глубине дома оглушительно хлопнула дверь – это значило, что Джиллиан заперлась в своей комнате с намерением хорошенько выплакаться.

Пожав плечами, Стелла вошла в гостиную, где Тони, ее старший сын, с увлечением и азартом следил за носившимися взад-вперед по экрану регбистами. Страстный поклонник регби, он настолько погрузился в игру и так остро сопереживал каждой победе или неудаче, что не обратил никакого внимания на появление матери рядом с ним.

Забравшись с ногами в кресло, женщина с любовью и гордостью глянула на сына , и мелкие морщинки у рта, вызванные недавней размолвкой с Джил, моментально разгладились. Какое счастье, что у нее есть Тони – сын, первенец , дитя любви, желанный ребенок, прихода которого в этот мир с нетерпением ожидали два счастливых человека – она, и Ларри, бывший муж.

Стелла неслышно вздохнула. Почему ее дети такие разные? Тони – весельчак, балагур, он никогда в жизни не позволял себе разговаривать с матерью в таком тоне , как это делает Джил, девочка!

Застарелое чувство вины зашевелилось в ней с новой силой. Ларри ведь не хотел второго ребенка, у него уже появилась другая женщина, эта потаскушка Эллис Маккинли, разрушительница чужих семей, будь она проклята! Стелле пришлось тогда приложить всю свою хитрость, чтобы забеременеть снова назло сопернице и удержать мужа при себе. Любыми средствами!

Теперь-то она понимала, что в ослеплении и злобе совершила глупость – едва ли не большую в своей жизни. К тому моменту она уже разлюбила Ларри. От страстной и пылкой женщины к седьмому году супружеской жизни остались одни угольки, да и мужем он оказался никудышным – денег зарабатывать не хотел, и потребности его не простирались дальше нескольких банок пива, высасываемых ежевечерне на кухне под неумолчное бормотание радио .

Нет, Ларри стал ей неинтересен, и только какое-то глупое упрямство помешало Стелле принять его уход как должное. Подумать только, этот тюфяк осмеливается иметь собственное мнение, заводит интрижки с женщинами, решает даже уйти из семьи – от нее, от Стеллы!- в то время как она, и только она должна была сделать первый шаг к разрыву. Тогда-то и созрел план мести – родить второго ребенка, привязать Ларри накрепко к своей юбке, отшить и опозорить эту мерзавку Маккинли, а потом, когда все затихнет, эффектно бросить мужа – покорного, униженного, не нужного ни ей, ни любовнице!

Разговор, расставивший наконец все точки над «i», произошел у них 19 февраля, в четверг. Стелла почему-то прекрасно запомнила эту дату. Обсудив с Ларри все нюансы его ухода к новой подружке, она предложила выпить за то, что у них обоих хватило ума расстаться без скандала на потеху всему городу. Ларри выпил рюмку, выпил другую, и сам не заметил, как оказался в постели с женщиной, которую собирался оставить. Потом они пили и занимались любовью, снова пили … В результате, Стелла действительно забеременела, а Ларри выкинули с работы за пропущенные три дня.

И тут начался ад. Узнав все подробности его загула, Эллис мигом дала отставку незадачливому ухажеру, но по настоящему он был ошарашен, когда жена недвусмысленным тоном приказала убираться из ее дома на все четыре стороны.

Развод был громким, страсти бушевали почти год, и Стелла, с огромным животом бегая по судам, рыдала ночами в подушку, смертельно боясь, что Ларри отберет у нее сына.

Девочка родилась нервной, дерганой, плакала поначалу не переставая, цыеточная пыльца вызывала у нее аллергию, и временами женщина приходила в отчаяние, что не сумеет спасти ее от приступов удушья.

Потом все как-то вдруг утряслось. Ларри уехал из города, и его новая пассия живо вправила ему мозги, объявив, что воспитывать чужого ребенка не собирается. Парочка обосновалась в Нью-йорке, Ларри устроился на работу в автосервис, и с тех пор Стелла вспоминала о нем раз в году, на Рождество, получая по почте чек и сухое, немногословное письмо, адресованное детям.

Не испытывая отныне к мужчинам ничего, кроме стойкого отвращения, Стелла всю себя посвятила малышам – с Тони проблем не было, но Джиллиан преподносила сюрприз за сюрпризом, и с каждым годом справляться с ней становилось все труднее. Иногда Стелла с горечью убеждалась, что дочери удалось унаследовать худшие черты характера обоих родителей, и сколько не бейся, прививая хорошие качества, натура непременно проглянет наружу.

Игру прервала реклама. Переводя дух, Тони откинулся на спинку дивана, зевнул, скучающе поглядел по сторонам и, увидев мать, широко ей улыбнулся.

- Привет, ма. Что-то случилось?.
- Все в порядке, если не считать, что Джил меня ненавидит.
- Да ну, брось. С чего ты взяла?
- Она сама так сказала.
- Ма, ты же знаешь, стоит погладить малышку против шерсти … Ты что, запретила ей выходить из дома?..
- Милый, на это есть причина … Две причины,- поправилась она, вспомнив сегодняшние откровения Джил.

- Первую, допустим, я знаю – это тот маньяк, что порешил двух девчонок. Но почему ты думаешь, что он все еще здесь? Со времени смерти Эрики прошло уже много времени, город почти утих. Думаю, у тебя нет оснований для беспокойства.

- Тони, дорогой, смотри на вещи реальнее – две смерти молодых девушек, последовавшие одна за другой, это не шутка. Подумать только - маньяк в нашем городе, в тишайшем Нью-Велли, где двадцать лет назад даже пропажа велосипеда у почтальона считалась событием номер один!..

- Нью-Велли уже не тот, что раньше, мамочка. На западной окраине разбили лагерь какие-то сектанты, на площади устраивают сборища рокеры…Поверь мне, у полиции хлопот предостаточно.

- Об этом я и говорю. В городе неспокойно, на душе у меня тоже … Короче говоря, Джил лучше сегодня посидеть дома.

- Она надуется на целую неделю, ма, вот увидишь!

- Пусть дуется. Придет время, и она поймет, что поступить иначе я не могла. Дело даже не столько в том, что я боюсь за ее жизнь … то есть, конечно, это в первую очередь. Пф-ф-ф!..В общем так, Тони, я не хочу, чтобы вы с Джил наделали глупостей на заре своей жизни, пострадав от чьих-то рук или связавшись с недостойными людьми. Ну, тебя-то мне не удержать, ты взрослый человек, хотя…

- Ма, перестань, прошу тебя. С чего ты взяла, что Рут из этой категории?- нахмурился Тони, приглушая звук телевизора.

- Ладно, считай, что я ничего не говорила,- вздохнула Стелла.- Похоже, верно подмечено, будто родители стремятся прожить жизнь за своих горячо любимых чад. Многие готовы пылинки с них сдувать, ограждая от возможных ошибок. Я и сама из таких сумасшедших мамаш. Я-то отлично знаю, как нужно вам с Джил поступать в том или ином случае, да разве вы станете прислушиваться к моим словам!.. А что касается Рут… Рут тебя не любит. Твоя Рут эгоистка, это видно невооруженным глазом. Надеюсь, со временем, ты и сам во всем разберешься.

- Я люблю тебя, мамочка.- перегнувшись через диван, Тони взял ее за руку.- и буду любить еще больше, если ты не станешь говорить гадостей о моей будущей невес… о моей любимой девушке, о-кей?

По лестнице загрохотали сердитые шаги. Секунда, другая, и в гостиной возникла Джил с распущенными по плечам волосами, в махровом халате и без косметики на лице.

- Я ложусь спать,- хмуро объявила она.- Прошу не беспокоить и не стучать в дверь, все равно не открою и разговаривать не стану!

Переглянувшись, Тони и Стелла прыснули со смеху. Надменно вздернув реденькие светлые брови, Джил презрительно глянула в их сторону, задрала нос кверху и торжественно удалилась.

В семичасовых новостях Рут Диксон выглядела сногсшибательной красоткой в глазах Тони и потаскушкой по мнению его матери. Все в ней было чересчур – грива ярко-рыжих волос, фигура фотомодели с узкой талией и пышным бюстом, жгучие черные глаза, неимоверно длинные ногти, накрашенные в тон губам бронзово-красным лаком, свободная, чуть ли не развязная манера держаться … нет, размышляла Стелла, эта девица определенно не пара для ее сына!..

Около зосьми парень засобирался – нужно заехать за Рут в студию, сегодня суббота, они договорились сходить потанцевать. Нежно расцеловавшись с матерью, он вышел из дома и сел в свой спортивный автомобиль, которым страшно гордился. Стелла следила за ним из окна. Послав ей воздушный поцелуй, Тони тронул машину с места и, коротко посигналив на прощанье, выехал за ограду.

У поворота ему наперерез, едва не попав под колеса, метнулась щупленькая фигурка. Крепко выругавшись, Тони вильнул в сторону, притормозил у обочины, открыл дверь, и в салон ураганом ворвалась Джиллиан.

- Приветик,- буркнула она, плюхаясь на сидение.

- Я чуть на размазал тебя по асфальту, ненормальная ты девчонка!- гаркнул Тони, испытывая скорее облегчение, чем злость.

- Ты чуть не проехал мимо,- огрызнулась Джил, устраиваясь поудобнее.- Я начала прыгать и махать руками, как только тебя заприметила, но ты так размечтался о своей ненаглядной репортерше, что чуть не оставил меня куковать на обочине. Ну, и как по-твоему, мне следовало поступить? В чужую машину я не сяду ни за какие коврижки, даже под пытками ... а вдруг за рулем окажется тот самый маньяк, и мамочка получит-таки свое мертвое тело, которым стращает меня уже несколько недель!

- Уверен, что не родился еще тот маньяк, что сумеет с тобой справиться,- засмеялся Тони.

- С кем надо, я нежная и романтичная,- подмигнула Джил.- но со всеми подряд сюсюкать не собираюсь. Вон, две уже доулыбались. Как ты думаешь, кто их кокнул?

- Понятия не имею. Мороз дерет по коже, когда подумаю, что этим занимается кто-то из наших добрых знакомых,- Тони поежился.- Разговариваешь с кем-нибудь, и вдруг ловишь себя на мысли, что именно твой теперешний собеседник может оказаться тем самым убийцей.

- А, на тебя вся эта история тоже подействовала,- пробормотала Джил.- Ну мне-то, надеюсь, ты веришь?

- Тебе-то ?- хмыкнул Тони.- Тебе верю. Хотя ... если судить по тому, как ты разговариваешь со Стелой, ты, девочка, на многое способна.

- Шучу, шучу,- поспешил добавить он, заметив, что Джил насупилась.

- Мама – это другое,- медленно заговорила девочка, не зная, стоит ли раскрывать душу перед братом.

А вдруг он просто посмеется над ней и ее переживаниями? Болезненно самолюбивая как все подростки, Джил этого бы не простила.

- Она подавляет меня, требует выполнения каких-то дурацких правил, заставляет носить лифчик даже под топом … ну, и все прочее в таком роде.

- Во многом она права,- дипломатично заметил Тони.- Джил, тебе только четырнадцать…

- Пятнадцать мне будет уже через два месяца!- сердито поправила она.

- Ну хорошо, пусть пятнадцать. Все равно, пойми, ты еще слишком мала, чтобы считать себя самой умной!

- Зану-уда! Ох, Тони, какой же ты зануда!- скривилась Джил.- Все, не желаю больше слушать ваших дурацких нотаций, мистер Мамочкин Подлипала. Удивительно, как это ты не отправил меня домой, в постель!

- Будешь грубить, отправлю,- кивнул Тони.- у меня, между прочим, до сих пор кошки на душе скребут из-за того, что мы обманываем Стеллу!

- Ай-ай-ай, какой ужас,- сделав большие глаза, съязвила дрянная девчонка – угрозу отвезти ее домой она, по-видимому, пропустила мимо ушей,- почему же ты становишься на дыбы всякий раз, когда она начинает прохаживаться насчет Рут?

- Оставьте Рут в покое!- вспылил Тони.- От вас только и слышишь – Рут, Рут, Рут!.. Тебе-то она чем не угодила?!

Джиллиан неопределенно пожала плечами, немного сожалея о том, что так необдуманно наступила брату на больную мозоль. Все дело в том, что эту выскочку Рут Диксон в городе терпеть не могут, но как втолковать это Тони, втрескавшемуся в нее по уши?

Рут уже ждала их, нетерпеливо постукивая по асфальту тонким, как острие иглы, каблучком своей модельной туфельки, но вместо приветственного поцелуя удостоила опоздавшего бой-френда недовольной гримаской:

- Я вижу, ты не торопишься!

- Джил, пересядь назад,- скомандовал Тони, но Джиллиан, продолжавшая пристально смотреть в окно перед собой, даже не шелохнулась.

- Джил, пересядь назад!- яростно сверкнув глазами, повторил старший брат, и девочку словно ветром сдуло – иногда Тони брал очень убедительный тон!

От студии, где работала Рут, до клуба «Чет-нечет», где им предстояло провести вечер, было недалеко, всего три квартала, и Тони был искренне благодарен за это небесам – перспектива проехать еще хотя бы милю в обществе двух надувшихся сердитых девиц нисколько его не вдохновляла.

Миролюбивый и добродушный от природы, Тони ненавидел ссоры, всегда первым шел на примирение и был готов к компромиссам – может быть, именно поэтому их отношения с Рут складывались более менее ровно: никто другой не смог бы выдержать ее выкрутасы дольше двух недель.

Стоило машине притормозить, как Джил выскочила наружу – ее напряженная спина раз или два мелькнула в свете фар, и девочка исчезла, поглощенная разинутой пастью ночного клуба.

- У нее что, внеочередная менструация?- процедила Рут, выуживая длинными, тонкими, холеными пальцами золоченую пудреницу из сумочки.- Извини, Тони, но эта дуреха действует мне на нервы. Не мог бы ты …о, я, разумеется сознаю всю беспочвенность своих притязаний…так вот, не мог бы ты на следующее свидание явиться один, без мамы, тети или сестры?

На сей раз Рут явно перестаралась, и ее монолог вместил гораздо больше яда, чем мог переварить Тони. Парень нахмурился.

- Черт, Рут, почему ты любую мелочь превращаешь в проблему?- спросил он, стараясь сохранять спокойствие хотя бы внешне.

В последнее время Рут будто нарочно принималась то и дело его дразнить. Казалось, вспышки ярости придают ей сил. Тони, напротив, после таких вот перепалок чувствовал себя совершенно вымотанным и опустошенным. Кое- кто из их общих друзей с абсолютной уверенностью утверждал, что так ведут себя энергетические вампиры, но парень с досадой отмахивался от этих дурацких рассуждений.

На его взгляд, все было гораздо проще – Рут слишком ветреная особа, наверняка ей наскучила компания все одного и того же воздыхателя, она ищет повода поссориться, чтобы расстаться. Наверняка приглядела себе кого-нибудь получше!.. Такие мысли приводили его в отчаяние – он-то любил Рут, любил по-настоящему еще со школы, и ее выходки, будившие в окружающих то досаду, то недоумение, вызывали у него лишь снисходительную улыбку.

Рут – творческая натура, ей многое прощается. Единственное, что он не смог бы простить, была измена, и то, в последнее время он все чаще ловил себя на мысли, что простил бы и это …может быть, не сразу, но простил.

Любовь его была жертвенной, Тони всего себя положил на алтарь этой любви, ему даже в голову не приходило, что девушка может задыхаться под ее гнетом, и все вспышки гнева, все это изощренное словесное издевательство не что иное, как защитная реакция Рут на нечто непонятное и неприемлемое для нее. Пусть неосознанно – пока неосознанно!- она стремилась освободиться от ненужного, навязанного ей чувства. Неужели Тони так ослеплен, что ничего не видит дальше своего носа?

Раньше это казалось забавным, даже нравилось, теперь стало раздражать, и она все с большим трудом сдерживала рвущие наружу эмоции. Чем сильнее Тони любил ее, тем сильнее ей хотелось от него избавиться – а впрочем, иногда она и сама не понимала, что ей надо.

- Мелочь?- фыркнула она.- Не притворяйся, милый, мне отлично известно, что твоя полоумная мамаша меня ненавидит!..

- Не называй ее полоумной!

- Я и не думала, что ты станешь на мою сторону!- торжествующе заключила она, швыряя пудреницу обратно в сумку.- Тебе плевать, что мне противно с ними видеться !.. Прекрасно зная, что сегодня суббота, что я устала, что не желаю испытывать неприятных эмоций, ты тащишь с собой свою угрюмую сестрицу. Ну, и чего же ты добился? У меня разболелась голова и испортилось настроение, вот и все. Гуд бай, приятного вечера в кругу семьи!..

Она попыталась открыть дверцу, но Тони, крепко схватив Рут за руку, помешал ей выйти.

- Нет, погоди!
- Ну, что еще?
- Пойми же, так сложились обстоятельства! Джил должна была добираться сюда своим ходом, но мама ...
- Вот-вот, от тебя только и слышишь – Джил, мама, обстоятельства... Сколько тебе лет, Тони? Пора уже прекратить хныкать, многие парни к двадцати трем годам становятся самостоятельными мужчинами...ты что-нибудь о таких слышал?
- Хочешь сказать, я из породы маменькиных сынков?- глаза Тони потемнели от обиды.
- Вот именно, милый, вот именно!..
- Рут, ты понимаешь, что твои слова оскорбительны?
- А ты понимаешь, что мне нужен мужчина, а не слюнтяй? Настоящий мужчина – из тех, кто бросил сосать сиську уже в полгода!

Лицо Рут горело от возбуждения, жило непонятным ожиданием, и на какой-то момент в мозгу Тони мелькнула странная мысль – Рут хочет, чтобы он врезал ей. В последнее время она все чаще провоцирует его на срыв – не то, проверяя свою власть, не то и впрямь мечтая покориться натуре более сильной, чем она сама ... так или иначе, ударить ее Тони не мог.

Пауза затянулась. Глаза Рут погасли.

- Тр-ряпка!- прошипела она, вырывая у него руку с поистине неженской силой.- Не смей подходить ко мне, понял?!
- И не подумаю, можешь убираться!- рявкнул Тони во всю силу своих легких.

Рут хлопнула дверцей так, что та чуть не отвалилась и, неся голову гордо, как умела только одна она, выражая спиной, плечами, осанкой неимоверное презрение к нему, Тони, вошла в клуб.

Застонав, как от зубной боли, он откинулся на подголовник, закрыл глаза и, умеряя дыхание, попытался хоть чуточку успокоиться.

- Вот стерва, а?..

Облокотившись на его полуоткрытое стекло, отставив кругленький крепкий задок и едва не вывалив внушительный бюст из глубоко декольтированного платья, рядом с ним стояла Челеста Дэйвис, жена мясника – краснорожего, вечно поддатого Джима Дэйвиса, известного рогоносца, и не подозревавшего о своих развесистых украшениях.

- Ты-то откуда взялась?- буркнул Тони, отводя взгляд в сторону.
- Вышла покурить и остановилась послушать, о чем это вы разорались на всю улицу,- зубы Челесты сверкнули в улыбке.

Тони не ответил.

- Так, значит, ты не мужчина, Тони Райдер?- проведя остреньким-остреньким розовым кошачьим язычком по своим и без того вечно влажным полуоткрытым губам,она хрипловато рассмеялась.- А хочешь, я сегодня, прямо сейчас, лишу тебя твоей девственности?

Ее шепст подействовал на Тони возбуждающе, и парень внезапно до боли, до безумия захотел эту развратную бесстыжую сучку. Запах сладких, как мечты юного онаниста, духов, лишь разжег его вожделение.
Плевать на Рут, если ей плевать на него. Сейчас она, конечно, торчит за стойкой бара, нервно теребит свою сигаретку и ждет, когда он униженно приползет к ней на брюхе за новой порцией оплеух.
Ничего. Пусть подождет. Тони придет, но...чуть позже.

- Давай,- сказал он.- А где?..

Захихикав от избытка чувств, Челеста за руку вытянула его из машины.

- Идем,- бормотала она,- я знаю, тут недалеко есть укромный уголок, там нас никто не увидит!
- Может, поедем в мотель или к озеру?
- Нет, милый, нет, моя радость, не сегодня. Старый хрыч Джимми отпустил меня пописать … он ни за что не поверит, что на это могла уйти целая ночь!

Укромный уголок оказался тупичком, задворками каких-то продуктовых лавок. У глухой стены были набросаны пустые ящики. Шумно задышав, Челеста впилась горячими губами в его шею, опрокинулась на ящики, и пока он мял ее круглые, как волейбольные мячи груди, послушно выскочившие навстречу, пыталась справиться с его брючным ремнем. Трусов на ней не было и в помине, крепкое тело дышало жаром, и Тони, не желая тратить времени зря, вошел в нее со всего размаху.

Заливистый лай заставил обоих вздрогнуть – в подворотню вкатилась белая лохматая собачонка величиной с рукавицу, и, яростно наскакивая на болтающиеся туда-сюда штанины, продолжала гавкать.

- Давай, давай же,- простонала Челеста, и Тони удвоил усилия.

Не мужик?.. Ладно, пусть для тебя я не мужик, злорадно думал он, зато для других, для других, для других!!..

- Снуппи, Снуппи,- прогнусил за его спиной старческий голос.- Снуппи, где ты, Снуппи?

Зашаркали шаги, и луч фонарика, задрожавший в слабой руке, осветил неярким светом голый зад Тони. Челеста взвизгнула и прижалась лицом к его рубашке – ей, замужней женщине, вовсе не хотелось попасться кому-нибудь на глаза в таком виде!..

- Бесстыдники!- проскрипел голос, и парочка с замиранием сердца узнала голос Бесс Донован, старую деву, служившую в этом городе в каждой бочке затычкой.- Полицию вызову, будете знать!

- Иди, иди отсюда, старая карга,- через плечо бросил Тони, и бабушка Донован, осветив его получше, сплюнула от злости.

- Вот как телевизионщики наши развлекаются, тьфу, чтоб вам провалиться! Снуппи! Идем, маленький, идем, позвоним в полицию.

Не успели затихнуть ее шаги, как Тони и Челеста одновременно достигли оргазма. Их стоны и вздохи, отражаясь от стен дворика-колодца, летели прямиком в черное беззвездное небо. Спустя несколько секунд, Челеста зашевелилась, высвобождаясь.

- Иди первым, радость моя, мне нужно привести себя в порядок,- упаковывая груди, озабоченно бубнила она.- Нехорошо, если мы явимся вместе. Ты прелесть, Тони, честно. Твоя дура Рут ничего не смыслит. Повеселимся как-нибудь еще, с*кей?

Потрепав Челесту по щеке, Тони расслабленной, развинченной походкой двинулся прочь. Какое счастье, думал он, что наряду со стервами мир полон бескорыстных дур, готовых тешить свою похоть с кем угодно!..

Свернув за угол, он остановился прикурить, чиркнул спичкой, затянулся и, блаженно выдохнув дым, подумал о Челесте с благодарностью. А ведь это неплохой способ снимать напряжение и в дальней…

Страшный, нечеловеческий вопль, оборвавшийся на самой высокой ноте, донесся до его ушей. Челеста! Бросив сигарету, Тони рванул назад. Что случилось? Неужели?..

Челеста лежала ничком. Кровь, булькая как простая вода, толчками выплескивалась из ее перерезанного горла. Еще на что-то надеясь, Тони упал на колени, схватился за рукоятку ножа, торчащего из яремной впадины, выдернул его, и фонтан терпко пахнущей, свежей крови брызнул ему в лицо.

Где-то неподалеку завыла полицейская сирена. Тони вскочил на ноги. Прости, девочка, но если я останусь с тобой, мне несдобровать!.. Сжимая в ладони нож, он бросился бежать по узкой, заставленной мусорными ящиками улочке, и, вылетев из-за угла, едва не угодил по колеса первой примчавшейся полицейской машины.

- Стоять!- прогремел голос, и Макколей Симпсон, школьный приятель Тони, с быстротой молнии выпрыгнувший из машины, взял его на прицел.

- Мопс, это я,- попытался объяснить Тони, но полицейский, став вдруг невероятно суровым, движением руки остановил его на полпути.

- Вижу. Стой, где стоишь.
- Мопс, ты не понимаешь…Это совсем не то, что ты думаешь!
- Надеюсь, парень. Очень надеюсь. Дастин, наручники!

Глава третья.

В танцующей толпе счастливые глаза Джил не различали никого, кроме Стена. Иногда в поле зрения мелькали кислые лица недавних ее соперниц, но Джил не обращала на них внимания – кому они нужны, мокрые курицы? Она была на седьмом небе от радости, все шло так замечательно, ведь именно ей, Джил, самой обычной, ничем не примечательной девчонке принадлежал сегодня самый красивый мальчик из их школы…а если она сумеет преподнести себя в выгодном свете, и Стену это понравится, то…ох, у нее даже кружилась голова от предвкушения всех тех возможностей, что откроются перед нею!..

Рут, в гордом одиночестве сидела у стойки бара, демонстративно повернувшись спиной к входной двери. Медленно потягивая через трубочку мартини с апельсиновым соком, она от нечего делать разглядывала танцующих. Юная, бесшабашно веселая Джил, извивающаяся в танце все своим стройным телом и то и дело мелькающая в лучах прожектора, действовала на нее, как красная тряпка на быка.

Казалось бы, чему тут завидовать? Рут, успешно делающая телекарьеру, стоит неизмеримо выше, чем Джил, темная лошадка, и все же, все же…

Внезапно Рут осознала, что никогда в жизни не веселилась вот так, бездумно и безыскусно – никогда! Даже в сопливой юности она не переставала себя контролировать, держать в узде свои желания и, оказываясь в центре внимания гораздо чаще, чем другие девчонки, не забывала извлекать из этого наибольшую выгоду. Чего стоила одна мечта пробиться на телевидение?! Не обладай она в изрядной мере цинизмом, несгибаемой силой воли, мужеством и умением вырваться вперед, распихав всех локтями, разве смогла бы она пробиться в передачу «Криминальные новости»?.. Девчонки, учившиеся вместе с ней в школе, стали заурядными домохозяйками, официантками, в лучшем случае – зубными техниками, вершин достигла только она, но и эта вершина, если честно, всего-навсего маленький холмик, трамплин для прыжка в большой мир … в Голливуд!..

Мысли о собственной исключительности настроили Рут на нужную волну – здесь, среди плебеев и их плебейских страстишек она только гостья… сродни энтомологу, изучающему термитник, но ни в коем случае не отождествляющему себя с предметом своего изучения. И Джил, и ее братец всего лишь слепые термиты, именно так она и станет воспринимать их обоих с сегодняшнего дня.

Амуры с Тони, кстати, на самом деле пора заканчивать – он полное дерьмо, у него нет будущего, ведь заурядные автомеханики звезд с неба не хватают. Как только в поле ее зрения появится некто более интересный, Тони получит хорошего пинка под зад, это дело решенное. Сил нет, до чего же он ее раздражает! Беззаветная любовь хороша, пока не объешься ею, как пастилой. Потом неминуемо стошнит.

Неужели Тони до сих пор не надоело, что об него прилюдно вытирают ноги? И потом … если уж он так безумно влюблен, почему не торопится помириться, и вместо этого Бог знает, сколько времени торчит в машине? Давно пора ползать на коленях, вымаливая у нее прощение!

Повинуясь внезапному импульсу, Рут спрыгнула с вертящегося стула – надо бы проверить, чем там занят ее тихоня. В дверях она столкнулась с мясником, уже прилично накачавшим себя виски – густой аромат окутал ее с головой, и Рут поморщилась. Каждый вечер ложиться с таким в постель … что может быть хуже!

- Увидишь Челесту, передай ей… передай этой сучке…- забормотал он, хватая Рут за запястье.

Брезгливо высвободившись, она обогнула неожиданное препятствие, и, на мгновение задержавшись в дверях – идти или нет?- решительно шагнула за порог.

Машина Тони стояла на месте, но Тони в ней не было.

- Инте-ересно,- процедила Рут, складывая руки на груди.- очень интересно. И Челесты как раз нет. Ну-ну…забавно!..

Возвращаться в прокуренный душный зал не хотелось, и Рут неторопливо пошла вперед, собираясь прогуливаться здесь до тех пор, пока не поймает голубков на месте преступления.

Странное дело! Мысль о возможной измене Тони подействовала на нее, как хороший удар током. Оказывается, в Рут дремала жуткая собственница! Дрожа от еле сдерживаемой ярости, она с наслаждением думала о том, как выцарапает глаза этой дешевой потаскушке Челесте Дэйвис … да как она посмела приблизиться к тому, что ей не принадлежит?..

На повороте навстречу ей выкатилась лохматая белая собачонка – Рут ненавидела собак, и непременно пнула бы ее в бок, не шаркай рядом старая перечница мисс Донован.

- Добрый вечер,- отрывисто выговорила Рут, радуясь, что наконец-то сможет спустить пары и даже не подозревая, что престарелая ее собеседница слеплена из того же теста, и за ответом в карман не полезет.- Вы что, принципиально игнорируете распоряжение властей выгуливать собак на поводке?!

- Не только собак, моя прелесть, не только!- захихикала старушенция.

Рут было подумала, что сейчас ей самой предложат надеть намордник, и рассвирепела окончательно. Она уже открыла рот, чтобы высказаться, но мисс Донован ее опередила:

- Жаль, в правилах ничего не говорится о молодых людях, которые блудят с чужими женами!

Лицо ее треснуло пополам в насмешливой ухмылке, и Рут захотелось придушить бабку, посмевшую влезть в ее жизнь и разузнать то, о чем никому из посторонних знать не положено.

- Что вы хотите сказать?- буркнула она, отворачиваясь.

- Там они, там, в тупичке, и если ты поторопишься, сможешь попроситься к ним третьей , хотя…не думаю, чтобы тебя взяли. Сдается мне, им и так неплохо!

- Тони?.. Ты говоришь о Тони?- задыхаясь, выдавила Рут. Ее враз ослабевшие пальцы пытались расстегнуть воротник блузки, ставший вдруг очень тесным.

- Тони, Тони собственной персоной,- закивала старая сплетница,- а с ним какая-то толстозадая шлюха. И кто бы это мог быть, ума не приложу!..

Рассыпав бессильный старческий смешок, мисс Донован поплелась дальше, но Рут, раздираемая противоречивыми чувствами, осталась стоять на месте как приклеенная. Что делать? Что вообще делают в такой ситуации?..

Злые слезы навернулись ей на глаза. Тони пожалеет о сегодняшнем вечере…тысячу раз пожалеет!..

Вдалеке послышались шаги, и Рут поспешно отступила в тень – не хватало ей, словно ревнивой жене, караулить своего загулявшего дружка чуть ли не под окнами у соперницы!

Затаив дыхание, она приготовилась ждать, еще не вполне отдавая себе отчет, как поступит в следующую минуту. Рут надеялась, что сможет сдержать себя и не устроит безобразную сцену прямо на улице, но в глубине души хотела крика, скандала и, может быть, даже рукоприкладства.

Ждать пришлось недолго. Тони приближался неторопливо, вразвалочку, держал руки в карманах и весело посвистывал сквозь зубы. Рут сжала кулаки так, что ногти впились в ладонь. Сердце бешено колотилось где-то в горле, на виске пульсировала жилка, и Рут возблагодарила Бога за то, что в ее сумочке нет ничего острого. Она убила бы его, честное слово!..

Тони остановился прикурить, чиркнул спичкой. Осторожно выглянув из своего укрытия, в неверном колеблющемся свете Рут сумела разглядеть его довольную расслабленную физиономию. Откинув голову назад, она попыталась мысленно сосчитать до десяти. Ничего …ничего. Стоит Тони поравняться в ее убежищем, Рут выскочит перед ним, как чертик из табакерки, выбьет сигарету из рук и пару раз как следует съездит по физиономии, чтобы не улыбал…

Страшный, нечеловеческий крик, от которого на голове зашевелились волосы, крик, оборвавшийся на самой высокой ноте, враз смел все ее мысли. Отшвырнув сигарету, Тони ринулся назад. Понимая, что настал ее звездный час, Рут выхватила из сумки мобильный телефон.

- Рассел ? О-кей, Рассел, на углу 5-ой и Лексингтон что-то произошло. Пусть Барни возьмет камеру и дует сюда немедленно…это сенсация, и мы будем там первыми!

Последние слова она выкрикивала уже на бегу. Где-то истошно выла полицейская сирена. В груди Рут билось и клокотало ликование – судьба щедрой рукой дарила ей возможность сделать шаг к сияющим вершинам, и будь она проклята, если ее что-нибудь остановит!

Барни и съемочная группа не заставили себя долго ждать. Место преступления было оцеплено, в узеньком переулке толклось человек двадцать – полиция, скорая помощь, эксперты, посторонних туда не пускали, но оператор Джо-проныра сумел-таки миновать все преграды, и снял труп Челесты на пленку.

Лихорадочно блестя глазами, Рут вела свой репортаж с места событий. Поначалу Барни, узнав, в чем дело, предпринял попытку деликатно ее отстранить, отдав право покрасоваться на экране Сьюзан Додж, но Рут едва не набросилась на него с кулаками.
- Это мой репортаж, слышишь, только мой,- шипела она, пока Эвелин, гримерша, наскоро поправляла макияж на ее лице.- какая еще там чертова Сьюзан, кто она такая?!..

- Конечно, дорогая, я все понимаю,- растерянно бормотал Барни,- но ведь Тони Райдер… ведь ты и Тони…

- Я больше не с Тони, забудь о нем, понял? Все, начинаем. В эфире «Криминальные новости», с вами Рут Диксон. Мы ведем репортаж с тихой, незаметной улочки, которой суждено было стать местом очередной кровавой драмы. Погибла молодая женщина, Челеста Дэйвис, супруга всеми уважаемого мистера Дэйвиса, мясника. Вы видите убитого горем супруга…

- Неужели, правда? Неужели, все эти зверства- работа Тони?- тихонько спрашивала у Барни молоденькая гримерша.- Я плохо его знаю, но он всегда казался мне таким милым…

- Во всяком случае, Рут в его виновности не сомневается,- сухо обронила отвергнутая Сьюзан Додж.- Вот стерва! Мать родную не пожалеет!
- Это ее работа, девочки,- подытожил Барни.- Некоторые готовы идти по трупам ради карьеры…вот она и идет.

- Арестованный полицией, Тони Райдер был взят с поличным у тела жертвы. Лицо и одежда его были испачканы кровью, в руках находился нож, которым несчастной жертве перерезали горло. Хочется верить, что маньяк, терроризировавший все эти месяцы наш город, наконец пойман, и жители отныне смогут спокойно спать. Оставайтесь с нами, и вы узнаете самые свежие подробности о ходе расследования этого кровавого преступления!

- Мерзавка!- донесся крик из-за ограждения, и Джил, зареванная, растрепанная, поднырнув под локоть зазевавшегося полицейского, бросилась к Рут. Одному из операторов удалось , заступив ей дорогу, схватить девочку в охапку, и Джил, пару раз дернувшейся в его крепких руках, пришлось покориться.

- Мерзавка,- повторяла она, растирая рукавом льющиеся по щекам слезы.- Мерзавка, что же ты делаешь!.. Тони ведь любит тебя больше жизни!..

Глава четвертая.

Сэмюэл и Джанет Доусоны прибыли к месту преступления с небольшим опозданием. Всю дорогу они молчали, лишь изредка обмениваясь мрачными взглядами. Джанет не выдержала первой:

- Чушь какая-то, честное слово! Тони вырос на моих глазах … да он последний, кому я могла бы приписать эти злодеяния!
- Джен, его взяли на месте преступления.
- Плевать!- яростно перебила жена, ударив себя по коленям сжатыми кулаками.- Ты ведь не хуже меня знаешь, как иногда нелепо складываются обстоятельства!
- Что ты хочешь? Чтобы я выпустил его? Да разъяренная толпа разорвет нас с тобой в клочья!- рыкнул Сэм.
- Я хочу, чтобы ты разобрался в этом спокойно и без истерики … понимаешь?
- Для начала успокойся сама, окей?- сворачивая в переулок, Сэмюэл ободряюще потрепал ее по колену.- Расслабься, детка, я не меньше тебя заинтересован в установлении истины!

В набежавшей толпе их тут же оттерли друг от друга. Сэмюэл, прокладывая себе дорогу, как ледокол сквозь многолетние льды, двигался вперед почти без задержек, но Джанет, словно щепочку закружившуюся в водовороте, спустя несколько минут прибило к съемочной группе.

Послушав, что говорит Рут, она помрачнела.

- Кто дал вам право порочить человека, которому еще не предъявлено обвинение?- грозным тоном спросила Джанет, выпрямляя спину, чтобы доставать хотя бы до плеча этой каланче Диксон.

- Никто никого не обвиняет,- фыркнула та,- я рассказала только то, чему была свидетельницей...кстати, Барни, тут где-то неподалеку ошивается старуха Донован, надо бы ее разыскать. Надеюсь, вы позволите мне продолжать делать свое дело, мэм?- иронично обронила она в адрес Джанет, и та была вынуждена отступить.

- Грязная работа, Рут!..
-Нельзя ли обойтись без комментариев, Джен,- огрызнулась репортерша.

Тело Челесты, обмякшее, грузное, уже упаковали в черный прорезиненный мешок. Судебный медик складывал инструменты – он уже сделал предварительную часть своей работы, диагностировав смерть. Остальное предстояло определить экспертам. Споткнувшись об чей-то саквояж, стоявший посреди дороги, Джанет налетела на своего напарника, Фреда Коллинза, загорелого, только позавчера вернувшегося с каких-то экзотических островов, где он справлял медовый месяц.

- Хелло, Джанет. Похоже, дело дрянь.
- Что такое?
- Меня угораздило попасться на глаза шефу, и он...
- Говори, не тяни!
- Короче, детка, мы с тобой ведем это дело.
- Отлично,- кивнула она, и Фред с удивлением глянул в ее сторону.
- Видишь ли, парень, я люблю свою работу,- пояснила она, бегло улыбнувшись в ответ.
- А я люблю свою жену и не хочу ее разочаровывать.- мрачно ответствовал он.- Думаешь, ей очень хотелось идти за полицейского? Я уговорил ее, наобещал с три короба, сказал, что спокойнее этого города не сыщешь местечка на всей земле, и вот, пожалуйста, не успели сыграть свадьбу, как мне на шею вешают это дерьмо!

- Приношу свои соболезнования!- хмыкнула Джанет,- знаешь, я придерживаюсь такой точки зрения , а именно – если женщина любит тебя по-настоящему, она все стерпит. Ладно, хватит болтать. Ты говорил с мисс Донован?
- Говорил, говорил, она постоянно крутилась тут и путалась под ногами. Я снял показания и хотел от нее отделаться, да не тут-то было! Ста рая ведьма заупрямилась, и ни в какую! Уж и не знаю, чего она здесь наслушалась, только завтра с самого утра весь город будет знать каждую подробность.

- Ладно, позже я сама с ней поговорю, а сейчас едем-ка в управление, мы должны допросить Тони.
- Сама поговоришь… откуда такое рвение? Постой-постой, я, кажется, догадался…ты что же, не веришь в его вину?
- Не верю.
- О, боги! Джанет, умоляю тебя, скажи, что ты пошутила! Все складывается так замечательно – у нас есть труп, у нас есть нож, у нас есть отличный подозреваемый…нет, ты правда хочешь начать все с нуля? Я не согласен!

Резко остановившись – Фред не успел затормозить и налетел на нее сзади – Джанет повернулась и, приблизив к его лицу свое, медленно проговорила:

- Ты хоть понимаешь, ч т о ему грозит? Ему грозит электрический стул, и если мы позволим казнить невинного человека, гореть нам в аду, помяни мое слово!
- Ладно, поехали,- вздохнул Фред.

Глава пятая.

В центре города кипели страсти, а в нескольких милях от него, в маленьком домике, уже темном – здесь рано ложились спать – кто-то невидимый, тихо, стараясь не шуметь, опустил оконную раму, влез в комнату и, тщательно расправив занавеску, запер окно на щеколду. Проворные руки извлекли из-под кровати черный пластиковый мешок, упаковали туда окровавленную черную майку, облегающие штаны и резиновые перчатки, откупорили бутылку пива и, подсоединив наушники, щелкнули кнопками телевизора. Скрипнуло кресло под тяжестью чьего-то тела, а когда на экране возникло жалкое, распростертое на земле тело убитой женщины, в тишине комнаты повис короткий ехидный смешок. Больше тишины ничто не нарушало.

Глава шестая.

Джиллиан выбралась из толпы и, чтобы не упасть, прислонилась к шершавой стене – наплевать, что она вся исцарапается, сейчас не время думать о таких мелочах, в эти минуты она вообще была не способна думать ни о чем. Ноги дрожали, зубы стучали от пережитого напряжения – когда в клуб, где она танцевала со Стеном, ворвался какой-то парень с ошеломляющей новостью о поимке маньяка, которым оказался ее брат, она дала ему пощечину, чтобы врал, да не завирался. Вместе со всеми она бежала что было сил к месту убийства, и здесь, когда выяснилось, что Тони на самом деле арестован, почувствовала себя словно в вакууме.

Люди шарахались от нее как от зачумленной, первым исчез Стен – пробормотав что-то нечленораздельное, он нырнул в толпу и больше не возвращался. Джиллиан осталась одна среди враждебно настроенных к ней горожан. Никто пока ничего не говорил, но выразительные взгляды полосовали ее как удары плетьми – то вдоль, то поперек.

- Мама,- всхлипывала Джиллиан,- мамочка … да что же это? Ведь этого не может быть!..
- Так значит, это твой брат убил Дону, мою племянницу?!- вопрос, прилетевший откуда-то из темноты, заставил ее покачнуться.
- Убийца! Убийца!- нарастал в толпе гневный ропот.
- Нет! Нет…нет! Тони не убийца, неправда,- беспомощно повторяла Джил, оглядываясь на напиравших отовсюду людей.
- Не убийца? А это что?! Что это?!!- кричала Бесси Данвер, указывая пальцем на блестящий черный мешок, упрятываемый полицейскими вглубь машины.
- Пустите … пустите меня!- взвизгнула девочка, кидаясь прочь – все равно куда, лишь бы ничего не слышать и ни на что не смотреть.

Теперь она стояла у стены, моля Бога о том, чтобы о ней забыли. Растерянность, грозившая перейти в истерику, понемногу сходила на нет, кричать , рыдать и рвать на себе волосы ей больше не хотелось. Сердце жгла обида на весь свет – Тони не виноват, не может он быть виноватым! Да как они смеют подозревать его в убийстве Челесты и двух остальных девушек?.. Настоящий убийца по-прежнему на свободе, и ни она, ни кто-либо другой в этом городе по-прежнему не могут чувствовать себя в безопасности! Может быть, следующей жертвой он наметил именно ее?

Джил стало страшно. Захотелось домой. Там мама, вместе они что-нибудь придумают, как-нибудь помогут Тони, постараются вызволить его из беды…

Стараясь быть незамеченной, она ужом проскользнула между сгрудившимися автомобилями и что было сил побежала назад, к клубу»Чет-нечет», где когда-то давным-давно, еще в прошлой жизни, Тони припарковал свою машину.

Машина стояла на месте, но боже мой, во что она превратилась! Мятая, как консервная банка, с выбитыми стеклами и изрезанными покрышками, с еще совсем свежими потеками краски, перечеркнувшими ее правую сторону...

Джил вздрогнула, отступила в тень, чтобы толпа парней, раскачивавших автомобиль из стороны в сторону с явным намерением его перевернуть, ее не заметила. Она услышала веселый, взбудораженный голос Стена – да-да, он тоже был среди прочих, и, не выдержав, разрыдалась в голос.

Глава седьмая.

Шоу оказалось скучноватым, шутки – плоскими, и Стелла незаметно для себя задремала у экрана. В душе она немного досадовала на Джил – надо же, какая упрямая девица!.. Как раз из тех, кто язык готов проглотить, лишь бы другим насолить. Вся в папашу!..

Упрямый, как баран, Ларри обычно до тех пор долбил лбом стену, пока что-нибудь одно не разбивалось вдребезги, и чаще всего- именно лоб, потому что большого количества сокрушенных стен Стелла не наблюдала. Джил точно такая – упрямая, взбалмошная девица, вбившая себе в голову, что влюблена на всю жизнь в этого сопливого Стена… дурочка, она даже не подозревает, сколько еще достойных парней встретится на ее пути. Ох уж эти юношеские влюбленности! Ох уж это стремление скорее стать независимой! Одна головная боль.

Безмятежный сон Стеллы был недолог, неясная тревога заставила ее открыть глаза. Глупая рожа комика исчезла, исчез и синтетический смех – на экране мелькали сбившиеся в кучу полицейские авто, слепящие пятна света сменялись черными провалами ночной тьмы, время от времени камера выхватывала из толпы чьи-то возбужденные лица, и над всей этой неразберихой витало имя Тони.

Стелла, еще ничего не понимая, прижала руки к бешено заколотившемуся сердцу.

- Убийство, очередное убийство, закричал с экрана внезапно ставший пронзительным голос Рут Диксон,- однако, теперь у полиции есть подозреваемый. Этот человек взят с поличным недалеко от тела. Его имя – Тони Райдер, возможно, вчера он чинил вашу машину. Улыбчивый, добродушный парень. Говорят, маньяки выглядят именно так. Неужели город может вздохнуть спокойно?..

- Маньяк?!- выговорила Стелла, задыхаясь.

Мелькнуло зареванное лицо Джиллиан, она кого-то отталкивала руками, ее тащили в сторону, и мгновенная вспышка гнева вдруг возобладала над растерянностью.

- Ага, и ты там!..- вскакивая, крикнула женщина.- Ах, что за дрянь, что за маленькая лгунья … ну погоди, я тебе покажу, как сбегать из дома!

Гнев угас столь же быстро, как вспыхнул. Съежившись в кресле, Стелла смотрела на экран, не зная, можно ли верить собственным ушам. Может быть, ей все это снится? Как иначе объяснить то, что ее сына во всеуслышание объявили убийцей?!.. Что за чушь! Тони не может быть убийцей – кто угодно, только не он! Внезапная мысль прожгла ее насквозь – даже если все сказанное правда, и ее мальчик, ее дорогой малыш действительно сделал это со всеми тремя девушками, разве она перестанет любить его, как любила всегда?..

- Что бы не случилось, Тони, я на твоей стороне,- пробормотала Стелла.- Ты всегда можешь рассчитывать на меня, милый…

Снова возникла Рут – ее лицо, освещенное софитами, сияло вдохновением, глаза сверкали – она отрекалась от Тони так просто, словно он был ее случайным знакомым. В порыве ярости Стелла швырнула в свою незадавшуюся невестку тапком, попала плашмя по физиономии и остро пожалела, что не может расцарапать ногтями лживый рот и глаза. Ничего, дорогая, ты свое получишь… непременно получишь, пообещала она.

Щелкнув выключателем- слушать, как снова и снова поносят Тони эти гнусные губы, было невыносимо, и Стелла бросилась в свою спальню. Ей необходимо быть там, рядом с сыном…возможно, она сумеет чем-то ему помочь. Тони необходима поддержка, все вокруг него настроены враждебно – бедный, бедный мальчик, как же ему сейчас тяжело!

Схватив первое, что попалось под руку, она переоделась в рабочие джинсы, путаясь в рукавах, натянула свитер. Писать записку дочери не было времени, да эта врушка и не заслуживает хорошего отношения … ладно, пустяки. Самое главное сейчас – увидеть Тони. С Джил они поговорят позже.

Глава восьмая.

Когда Джанет и Фред добрались до полицейского управления, Тони уже допрашивали. Коротко переговорив с коллегами, напарники остались наедине с подозреваемым.

Тони выглядел затравленным – никто здесь ему не верил, не желал его слушать. Требовали одного – немедленно сознаться. Под глазом у него наливался кровоподтек, рассеченная губа сочилась кровью, и Джанет внезапно испытала внезапный приступ жалости. Стараясь ничем не выказать своего состояния, она деловито зашуршала бумагами, раскладывая их на столе.
- Тони, расскажи, как было дело,- начал Фред.
-Уже рассказывал,- отрубил тот, не поднимая глаз.
- Расскажи еще раз.
- Что вы от меня хотите?! Признания? Не надейтесь, его не будет! Я не убивал Челесту … Не убивал, вам ясно?!- сорвался он на крик.

- Тише, тише,- чуть привстав с места, предупредил Фред Аскотт.- Пойми, парень, ты вляпался в очень нехорошую историю – убита женщина, и тебя взяли на месте преступления с ножом в руках. Ты, может, и невиновен, но нам нужны факты, понимаешь, факты – твою невиновность еще требуется доказать, и это будет совсем непросто.

За время отъезда Фреда Джанет как-то забыла о том, что у нее отличный напарник, теперь же с радостью вновь в этом убедилась .Фред может верить Тони, может не верить, но он в любом случае умеет сохранять беспристрастность и ясную голову, у нее же, у Джанет, все эмоции написаны на лице крупными буквами.

- Да, -кивнул Тони.- Да-да, я понимаю…
- Итак, давай начнем с самого начала. Джанет, детка, где наш диктофон?..

Глава девятая.

Допрос закончился, Тони отправили в камеру, а к Джанет на огонек заглянул Юджин Кейт, аналитик, обладающий способностью найти и сопоставить мельчайшие детали, распутать любой клубок случайностей и совпадений – короче говоря, при всей своей заурядной внешности вечного студента, личность совершенно неординарная.

- Что скажешь, Юджин?- отставляя чашку кофе, спросила Джанет.
- Видишь ли, какое дело… этот парень по-прежнему настаивает на своей невиновности?
- Да, а что? Обнаружены новые улики?- насторожилась она.
- Не то чтобы новые…
- Ох, Юджин, не тяни резину!

- Ладно, слушай. Тони Райдер – пока что единственный наш подозреваемый, и я решил проверить его на причастность к двум другим убийствам, тем более, что, как показала предварительная экспертиза, все три жертвы были убиты одним и тем же ножом. Тем самым, который у него отобрали.
- Ты проверил его, и что выяснилось?

- Интересные вещи. В обоих случаях он общался с девушками незадолго до их смерти. Дона Макдауэлл обращалась к нему по поводу каких-то неисправностей в карбюраторе своего автомобиля. Потом они вместе отправились на ланч – у него был получасовой перерыв. Спустя несколько часов она была найдена мертвой.

- Допустим. А вторая?
- Вторую он подвозил домой.
- Да, но подвозил-то он ее днем, а время смерти – ночь, как быть с этим?
- В обоих случаях он мог договориться с ними о свидании.

- Нет, Юджин, не верю. Сомнительно. Посуди сам – любая из этих девушек могла проболтаться матери или подругам о том, что у нее свидание с Тони.

В нашем городе его считают однолюбом, да он и в самом деле по уши влюблен в эту выскочку Диксон… так неужели ни Дона, ни Эрика не захотели бы натянуть нос сопернице?

- Да, это возможно. Вполне возможно… Ладно, твоя взяла! Будем считать, свидание он им заранее не назначал. И все равно эти встречи кажутся мне странными. Очень странными!

- Да что тут странного, Юджин? Город у нас маленький, жители по три раза в день встречаются – в магазинах, кафе, на заправке…

- Скажи, а ты видела этих девушек в день их гибели?

- Я – нет, ни при чем здесь…

- И я нет. И еще куча народу – тоже нет. А вот Тони Райдер – видел, причем обеих. Нет, Джанет, тут определенно прослеживается какая-то зловещая закономерность!

- А может, его кто-то хочет подставить?- вмешался доселе отмалчивавшийся Фред.

- Не верю я в заговоры, ребята,- отмахнулся Юджин, берясь за дверную ручку.- Обычно все гораздо проще. Ладно, работайте.

- Спасибо за вопрос,- признательно кивнула Джанет, когда они снова остались одни.- Ты ведь для меня это сделал, правда? На самом деле тебе не кажется, что его подставили?

- Не кажется. Слишком уж много ниточек замыкается аккурат вокруг его шеи. Смотри сама – у нас есть три жертвы, причем все три убиты одним и тем же способом, с помощью одного и того же ножа, любезно предоставленным подозреваемым в наше распоряжение.

- Нет, подожди, тут есть одно маленькое различие – кроме Челесты, ни одна из девушек не была близка с мужчиной в последние минуты своей жизни.

- Может быть, она предложила ему свое тело в обмен на жизнь?

- Если она знала, что ей грозит, почему не закричала при появлении старухи Донован?

- А чем, вот скажи, могла бы ей помочь эта старуха? Могло стать одним трупом больше, только и всего. Или ты думаешь, бабушка Донован вступила бы с ним врукопашную?

- Однако, он не тронул ее. Скажи, какой смысл убийце отпускать такого опасного свидетеля? Или нет, спрошу по-другому. Зачем ему понадобилось убивать Челесту, если их видели вместе?

- Да, тут что-то не стыкуется. И все-таки, к сожалению, это не аргумент.

- Не аргумент. Что ж, будем искать аргументы!..

- Только с утра, ладно?

- Иди, иди, а то бросят бедного... не успеешь насладиться прелестями семейной жизни!..

- Не шути так, я очень суеверен.

- До завтра, примерный муж!

- До завтра, заноза в заднице!

- Ничего себе!..

- Извини. Переборщил.

- За это будешь вести писанину.

- Всю?!!

- Три четверти.

- О, Боже... язык мой – враг мой!

- Вот именно.

Глава десятая.

Пять миль, которые на автомобиле можно было преодолеть за несколько минут, превратились для Джиллиан Райдер в крестный путь. Дорога к ее дому пролегала через лес – раньше Джил не боялась темноты, сегодня все было по-другому, и черные, скрюченные силуэты чудились ей за каждым стволом. Идти по освещенной мертвенным белым светом фонарей дороге казалось еще страшней – быть видимой, как на ладони, позволить следить за собой из чащи неведомо чьим глазам … при одной только мысли об этом по ее спине бежали мурашки.

Джил выбрала нечто среднее – не свет и не тень. Она шла по самой границе между ними, с колотящимся сердцем прислушиваясь к каждому шороху и до крови закусывая губы, чтоб снова не разреветься. Дважды ее обгоняли машины, идущие из города – она пряталась от них между деревьями. Последние двести метров, отделяющие ее от безопасного убежища – родного дома - Джил пробежала бегом. Кровь шумела у нее в ушах, сердце колотилось так бешено, что грозило выскочить наружу.

В запале проскочив мимо входа, Джил прямиком направилась к дереву, густо разросшиеся ветки которого позволяли ей в любое время сбегать и возвращаться домой, потом, справедливо рассудив, что произошедшие события гораздо важнее ее побега, повернула назад.

- Мам!- крикнула она, ступив на порог.- Мамочка, это я!..

В гостиной работал телевизор, доносились чьи-то искусственные голоса, то и дело перемежающиеся смехом, но, заглянув в комнату, Джил никого не увидела.

- Странно … куда она могла деться?- пробормотала она, оглядываясь.

Позвать мать еще раз, крикнув чуть громче, она почему-то не решилась.

Дом, так недавно казавшийся неприступной крепостью, внезапно обратился в западню, стены угрожающе надвинулись со всех сторон, и силенок Джиллиан хватило только на то, чтобы на цыпочках дойти до дивана, сорвать с него плед, и, закутавшись с головой, повалиться на него вниз лицом.

Джил подсознательно хотелось сейчас отгородиться от этого страшного, безумного, жестокого мира, шок был слишком силен, и эта ноша оказалась непосильной для четырнадцатилетней девочки. Зажмурив глаза, она погрузилась в странное оцепенение – без мыслей, без чувств, без сожалений и тревог. Она не слышала ни приглушенного стука оконной рамы, ни звука осторожных шагов у себя над головой – она не отреагировала бы даже на небольшое землятресение, случись оно где-нибудь поблизости.

Глава одиннадцатая.

Вернувшись домой, Рут заперлась на все замки, проверила запоры на окнах и опустила жалюзи. Тони невиновен, это ясно как день, и значит, убийца еще где-то здесь!.. От этих мыслей по спине бежали мурашки, необходимо было успокоиться, и Рут плеснула себе коньяка. Покачивая бокал в ладонях, согревая его своим теплом, она медленным шагом прохаживалась взад-вперед.

Нужно подумать, как действовать дальше. Судьба даровала ей шанс вырваться со своим репортажем из вязкого болота рутины и повседневности, глупо было бы им не воспользоваться. Что же касается Тони … Тони как-нибудь выкарабкается и без ее помощи. Раз он никого не убивал, должно найтись тому подтверждение . А вот ее свидетельству могут и не поверить, посчитав, что при стремлении отмазать милого дружка от электрического стула она могла выдумать что-нибудь и похлеще. Весь город, черт бы его побрал, знает, в каких они с Тони отношениях … стоит ей влезть в это дело, и с карьерой, считай, покончено.
Нет, нужно держаться так, словно они с Тони едва знакомы – да, что-то когда-то было, но они расстались, и их давно ничего не связывает.

Вспомнив о Челесте, она сдвинула брови. Измена Тони заслуживает наказания, и тюрьма станет хорошим испытанием для него.

В глазах Рут его вина казалась в десятки раз большей, чем для других людей – измена должна караться столь же строго, как и убийство. Решено. Она не станет ему помогать!

В конце-концов, что для нее Тони? Безвестность, прозябание в глуши и скучная жизнь, посвященная уборке дома и воспитанию детей…бр-р-р, даже думать тошно. Она не из тех куриц, что рвутся замуж, семейные ценности кажутся ей скучными, во всяком случае, теперь.

Она будет дурой, не использовав Тони как трамплин для собственного взлета. Потом, позже, создав серию сильных репортажей, вырвавшись в большую жизнь, Рут станет вспоминать о нем с благодарностью - не в этом ли истинное предназначение этого человека?..

Итак, решение принято. О том, что в момент убийства Челесты Тони находился в паре кварталов от места преступления, Рут не проронит ни слова. Старуха Донован в расчет не идет – да, они виделись, да, разговаривали, но это была единственная живая душа, которую Рут там встретила. Никто не сможет доказать обратное, ни один человек, а раз так…

Телефонный звонок прервал ее размышления. Рут глянула на часы – четверть третьего! Кто бы это мог быть?..

Сняв трубку, она отшатнулась. Тони! Ей звонил Тони, использовавший свое законное право связаться из тюрьмы с кем-нибудь из близких. Мафиози в таких случаях звонят адвокатам, а этот недоумок вот ей.

- Рут! Рут, я этого не делал, клянусь, ты мне веришь?!- отчаянно твердил он.- Позвони моим, успокой их …сделай это ради меня, детка, ладно? Рут, я люблю тебя и всегда любил …сам не понимаю, что на меня нашло. Какое-то затмение, честное слово!

Не желая больше слушать эту ахинею, Рут бросила трубку, немного погодя отключила телефон. Поздно, Тони, поздно, дорогуша, все кончено.

- Алло! Алло!.. Что за дерьмовая связь,- растерянно сказал парень, порываясь снова набрать заветный номер.

- Мне жаль тебя разочаровывать, но ты имеешь право только на один звонок,- покачал головой Фред.- Эй, ребята, забирайте арестованного.

Глава двенадцатая.

По пути домой супруги Доусон хранили молчание. Джанет сидела за рулем. Сэмюэл курил сигареты, одну за другой, выпуская дым кольцами изо рта. Говорить начали одновременно.

- Похоже, парню придется худо.
- Считаешь, его рук дело?

- Слишком много совпадений.
- Сэм, я знаю Тони с детства.

- Дорогая, само по себе это еще ни о чем не говорит. Приходит день, и в наших мирных соседей вселяется сам дьявол. Тишайший бухгалтер сознается в девяти убийствах, вся округа в шоке, включая его собственную жену и троих малолетних детей. Таких случаев сколько угодно, поверь мне! Вспомни хотя бы мисс Карлтон – никто и подумать не мог…

- Сэмми, ты гений!- крутнув руль вправо, Джанет коротко рассмеялась.- Ну конечно, мисс Карлтон, старушка из Денвера… вот оно! Все дело в старушке!

- Джанет, ты в порядке?

- Еще в каком, любовь моя!..

- Может быть, мне стоит сесть за руль?

- Нет необходимости.

- Ладно. Скажи тогда, куда мы направляемся.

- У меня возникло предположение…

- Детка, до дома оставалось не более полумили!

- Терпение, шериф, терпение.

- Иногда мне кажется, что ты намного лучше подходишь для этой должности.

- Видишь, как несправедлив этот мир. Достойны одни, а в креслах сидят другие, причем некоторые из них, выбиваясь в большие начальники…

- Ну-ну, продолжай!

- Шутки в сторону, Сэм, мы на месте.

Фары освещали глухую ровную стену.

- И что это значит?

- Где-то здесь Тони бросил свой окурок.

- Что?..

- Я подозреваю, что это могло произойти примерно в то же время, когда Бесси Донован разговаривала с мисс Диксон.

- О, Боже, Джанет, как ты себе это представляешь? Мы что, всю ночь будем ползать на карачках в поисках призрачного окурка? Да ты только представь, сколько их здесь накидано!

- Не преувеличивай, дорогой. В багажнике имеется парочка превосходных фонариков … к тому же, мы ищем не просто окурок, а целиком выброшенную сигарету марки Кэмел. Идем, ты мне нужен.

Тяжело вздохнув, Сэм вылез из машины и выпрямился во весь свой могучий рост – зрелище было внушительным, но Джанет не испытывала ничего похожего на священный трепет – за двадцать лет брака она всякого насмотрелась, и свирепое выражение лица ее благоверного могло напугать отважную женщину не больше, чем отдаленный раскат грома.

- Да шевелись же, лентяй! Так, примерно здесь он остановился, прикуривая… а может, успел сделать несколько шагов вперед. Крик. Тони бросает сигарету и возвращается к Челесте. Как ты думаешь, куда мог улететь окурок? Туда? Туда? Ладно, ты ищешь здесь, а я попробую с другой стороны. Только не филонить, о кей?

- Для поисков улик существует белый день,- пробурчал Сэм, не трогаясь с места.

- Утром улицу подметут, и мы сможем искать улики до конца следующего столетия,- парировала Джанет.- Ну давай, давай, за работу!

Найти окурок оказалось несложно, и нашел его Сэмюэл, стоило ему начать поиски. Обрадованная, что все сходится – сигарета, зажженная и сразу потухшая, оказалась именно той марки, что называл Тони, Джанет так пылко поцеловала мужа, что он покрутил головой и, недоуменно хмыкнув, признался:
- Знаешь, дорогая, я начинаю немного тебя ревновать. Что бы это значило?

- Что ты не так глуп, как выглядишь,- фыркнула Джанет.- Ну что, едем домой?

Конечно, сигарета сама по себе ничего не решала. Тони мог курить ее, поджидая Челесту на улице …хотя нет, вряд ли. Бессмысленно топтаться у всех на виду, выслеживая жертву, даже если ты маньяк, уверовавший в свою безнаказанность.

Ладно, думала Джанет. Завтра все прояснится, будем надеяться.

Глава тринадцатая.

 Эту ночь Тони Райдер провел без сна. Камера его была тесной, и он, как плененный дикий зверь, кружил и кружил по ней без конца, натыкаясь на стены и посылая сквозь зубы страшные проклятия неизвестно кому. Наконец, устав от бесполезных своих метаний, он рухнул на привинченный к полу табурет, закрыл руками лицо и застыл в неподвижности. Отчаяние, клубившееся в его душе, было намного чернее ночи, готовой к этому времени сдать свои позиции. Быть невиновным, и не иметь возможности оправдаться – что может быть хуже!..

Стоило закрыть глаза, и события вчерашнего вечера представали перед ним во всех подробностях. Очередная ссора с Рут. Призывная улыбка Челесты, ее трепещущая в вырезе платья грудь и вечно влажные губы – вспоминая об этом, Тони содрогался от отвращения. Объяснить его причину было бы трудно, но парню почему-то казалось, что он переспал с трупом …переспал с трупом! От этих мыслей рехнуться можно!..

Следующим, что его беспокоило, была ссора с Рут. Зная ее колючий нрав как свои пять пальцев, Тони не сомневался, что путь к примирению будет ох как непрост…если она вообще захочет простить ему эту идиотскую измену. Бедная девочка … Сколько ей пришлось пережить, и сколько еще придется! Но он докажет, он вылезет из кожи вон, но докажет Рут, что они созданы друг для друга, и просто-напросто погибнут, живя порознь.

Тони питал слабую надежду, что Рут поймет это сама – да, конечно, сейчас она злится и думает, что никогда его не простит. Три дня спустя она соскучится, а через неделю, когда все выяснится, и Тони выпустят на свободу, станет смирной, как овечка. Может быть, их любви как раз и нужно было пройти через подобные испытания для того, чтобы закалиться и стать еще прочнее?..

Неглубокий беспокойный сон сморил Тони перед самым рассветом. Он спал и видел во сне все те же лица – Челеста и Рут, Рут и Челеста, в конце-концов, перестав отличать одну от другой. Он стонал и метался на узкой койке, не подозревая, что пытка тюремными ночами для него только начинается.

Только начинается!

…Попытка увидеться с сыном ни к чему не привела, хотя Стелла использовала, казалось бы, все возможные способы – просила и требовала, принималась плакать и угрожать, но толстяк Лопес, не в духе заступивший на ночное дежурство, оставался неизменно глух к ее словам. Да и что бы он мог сделать для нее?

Увидеться с подозреваемым можно лишь в том случае, объяснял он в двадцатый раз с тупым упорством обильно поужинавшего человека, если предъявлены надлежащие бумаги. Вы, мэм, таких бумаг не имеете, следовательно, никакие свидания вам не положены, и вообще…очистите помещение.

Поняв, что легче пробить лбом стену, Стелла отступила, яростно пообещав Лопесу, что сегодняшнее дежурство станет последним в его карьере держиморды, и посоветовав поискать, пока не поздно, место уборщика в одном из городских туалетов.

Осознание того, что Тони, ее кровь, плоть от плоти, заперт в каменный мешок, сводило ее с ума. Почему Тони, почему это должно было случиться именно с ее мальчиком?! Ты будешь свободен, сынок, поклялась она себе, я вызволю тебя из беды, и очень скоро.

Интересно, что запоют все эти люди, узнав, что Тони невиновен во всей той мерзости, которую они из подлости и страха поспешили навесить ему на шею? Она заставит весь город вылизывать ему сапоги, она подаст иски на самых ярых клеветников, и в первую очередь – на компанию, где работает Рут Диксон, за оголтелое очернительство и подачу в эфир непроверенных фактов.

О, с этой-то девицей Стелла разделается с особым удовольствием! Тони не станет протестовать – узнав о репортаже, состряпанном Рут, его любовь мигом сменится отвращением. Мужчины редко прощают предательство, публичное же отречение от любви способно вызвать лишь ненависть к той, кем раньше дорожили.

Ах, если б можно было поскорее увидеть сына! На всякий случай она набрала домашний телефон Доусонов – никто не ответил, и это ее взбесило. Дрыхнут, подумала она со злостью, отключили телефон и дрыхнут – плевать им на то, что ее сын мается в тюремной камере, да и сама она готова от отчаяния расколоть собственный лоб об стену!..

Стелла была несправедлива, но даже не подозревала об этом – как раз сейчас супруги Доусон искали окурок, брошенный Тони неподалеку от места преступления: горе эгоистично, способно видеть и слышать лишь самое себя и не спешит оглядываться по сторонам.

Ничего не оставалось, как ехать домой. Закурив очередную сигарету, Стелла с ненавистью глянула на часы. Четыре. Ну, и во сколько же приползают на службу эти бездельники, к девяти? Ладно, в девять она будет ждать шерифа у дверей его кабинета, и занесет в список личных врагов каждого, кто посмеет назвать Тони убийцей!

Вернувшись домой, Стелла еще с порога услышала горестные всхлипы, доносящиеся из гостиной, и только теперь вспомнила, что Тони – не единственный ее ребенок, что есть еще Джиллиан, которая ее ненавидит. Надо признать, что плач ее вызвал у Стеллы не больше эмоций, чем утечка воды из неплотно закрытого крана .

Раздражение, вот, пожалуй, единственное, что она испытала – никакого сочувствия, никакой жалости.

- Иди в свою комнату,- коротко приказала Стелла, остановившись в дверях,- нечего тут голосить, в доме нет покойников, тебе ясно?

Обними ее мать, и с Джил могла бы повториться истерика, полнейшее же равнодушие мигом высушило девочке глаза.

- Тони…

- Я позабочусь о Тони,- перебила ее Стелла. – Твоя задача – лечь спать, и завтра отправится в школу, словно ничего не случилось. Надеюсь, с тобой не будет проблем, если же они возникнут, тебе придется решать их самой, без моего участия. У меня, как ты понимаешь, найдутся дела поважнее, чем водить тебя за руку. Живи, как хочешь, Джиллиан, мне все равно. Ты уверяла меня, что стала взрослой – вот тебе шанс это доказать. Я вручаю тебе свободу – ешь ее горстями, пока не станет тошнить. Все, разговор окончен. Я иду спать.

Звук ее шагов давно стих, наверху хлопнула дверь спальни, а Джил все сидела в той же позе, словно ожидая, что мать вернется.

- Вот это да,- пробормотала она,- ничего себе!..

Долгожданная взрослость вдруг обернулась негаданной обузой – Джил словно оказалась на краю пропасти. Смотреть вниз было страшно, от высоты кружилась голова, но и не смотреть было невозможно.

Джил пока не знала, что ей выбрать, даже не догадывалась, что выбор уже сделан за нее другими людьми …ее собственной матерью, готовой пожертвовать ради любимого сына десятком таких как Джил. Тем более, вчера они поссорились! Стелла наверняка все еще дуется…Конечно, слова Джил были оскорбительны, она это сознавала, и все же, все же …неужели можно вот так, в одночасье, стать чужими людьми? Она ничего не понимала.

Стелла же, вылив свое раздражение на первого попавшегося под руку человека, почувствовала себя намного лучше. Распыляться на Джил значило обделить Тони, ведь именно ему необходима сейчас вся сила ее материнской любви. Женщина уже начинала видеть в малышке врага, посягающего на благополучие ее дорогого мальчика.

… Ступая на цыпочках, Джил поднялась к себе. В комнате брата горел свет – Стелла готовилась отойти ко сну именно здесь, и Джил внезапно ощутила себя окончательно покинутой. Остановившись у двери, она долго собиралась с духом, чтобы пожелать матери спокойной ночи, да так и не сумела выдавить из себя эти несколько слов.

Забравшись в постель, она затихла, и, сжавшись в комочек, пролежала до самого утра, так и не сомкнув глаз.

Глава четырнадцатая.

В половине восьмого Рут разбудил протяжный настойчивый трезвон у входной двери. Растрепанная, злая, невыспавшаяся она вылетела из спальни, подобно шаровой молнии , готовясь обрушиться с проклятьями на любого, посмевшего побеспокоить ее в такую рань.

Щелкнул замок, дверь распахнулась, и на пороге возникла Джанет Доусон, разительно контрастируя с хозяйкой квартиры – прическа была уложена волосок к волоску , форма тщательно отутюжена, лицо свеженькое, как молодой листочек …а ведь она на добрых пятнадцать лет старше Рут... и вот, пожалуйста!

Надо сказать , Джанет Доусон она всегда терпеть не могла – подумаешь, амазонка местного масштаба! Обычно Рут все же удавалось как-то скрывать свою неприязнь, но только не сегодня, и все эти мысли тут же отразились в ее глазах. Сегодня она абсолютно не расположена к разговору о вчерашних событиях , ей надо подумать, подготовиться, чтобы ни одна душа не заподозрила ее во лжи … но Джанет, как настоящая ищейка , носом чует, что не должна давать ей опомниться. И почему именно этой зануде поручено вести дело Тони?..

-Прошу прощения за столь ранний визит, но дело не терпит отлагательств,- нестерпимо деловой тон неприятно резанул слух, но Рут считала себя законопослушным человеком и, пусть нехотя, пустила домой незваных гостей.

Следом за Доусон вошел ее напарник, этот, как его… недавняя женитьба ничуть не сделала его скромнее, и он то и дело с интересом поглядывал на Рут, облаченную в полупрозрачный розовый халатик.

- Я уже дала вчера подробные показания. Что-нибудь еще осталось неясным?- прикурив сигарету, Рут откинулась на спинку кресла, и с преувеличенным вниманием посмотрела в лицо своей визави.

- Да, кое-что,- кивком головы подтвердила Джанет,- итак, вы ждали Тони, спрятавшись за углом дома, там до сих пор остались следы каблуков. Можете назвать точное время?

- Я не ждала Тони,- фыркнула Рут,- еще чего! Поговорив с бабулей Донован я… ну, в общем, я захотела уединиться. Слава всевышнему, что я сразу же не кинулась искать Тони, чтобы выцарапать ему глаза… не то сегодня вы имели бы два трупа, Челесты и мой.

- Вы твердо уверены, что Тони Райдер убил Челесту?
- Разумеется. Кто же еще?- пожала плечами Рут.

Левая ее нога стала затекать от неудобной позы. Переменив ее, Рут заметила, что спутник Доусон с удовольствием рассматривает ее коленки. Легкий укол раздражения заставил затрепетать крылья ее красиво вылепленного носа. Мужчины! Едва покинув супружескую постель, вы готовы вожделеть первую встречную самку. Летите, как мотыльки, на свет ночника, не подозревая о его коварном нраве . Глупые, примитивные создания! Тони тоже из таких, да и этот…

- А вот у нас появились сомнения,- перебил голос Джанет ее размышления.

- Да ? И на чем же они основаны?- подалась вперед Рут.

- Скажите ..вы видели Тони за несколько минут до убийства? Он шел по улице, направляясь к клубу, остановился закурить сигарету и… как раз в этот момент раздался крик. Так ведь?

К сожалению, тактика Джанет Доусон не работала на выигрыш. Сформулируй она вопрос иначе, направь его рут прямо в лоб, и репортерша-лгунья могла смешаться, отвести глаза, допустить заминку – словом, как-то выдать себя, но…этого не случилось.

- Увы,- лицемерно вздохнула Рут, покачав головой,- увы, увы…я никого не видела.

- Может быть, слышали звук шагов?

- Нет.

- Однако, Тони был там, и этому есть подтверждение.

- А именно ?

- Сигарета.

- Какая еще сигарета? Ничего не понимаю!

- Сигарета, которую он бросил, когда раздался крик. Мы нашли ее. Она в точности совпадает с описанием сигареты, данным Тони.

Ну, так и освободите его, раз все совпадает, вертелось на языке Рут.

- Мне жаль вас разочаровывать,- вздохнула она,- не знаю, что вы там нашли... Могу сказать только одно – я никого не видела.

- Странно,- нахмурилась Джанет,- время и место совпадают, но показания расходятся. А может быть, это маленькая месть, а, Рут? Может, вы пытаетесь таким образом свести счеты с неверным любовником?

- Оставьте ваши инсинуации при себе,- холодно парировала Рут.- Не забывайте, я могу потребовать у вас публичных извинений за голословные утверждения, миссис Доусон.

- Ну, ну, не стоит ссориться, девочки,- примирительно начал Фредди, пытаясь разрядить обстановку, но Рут уже понесло.

- А вы играете на руку убийце, Джанет, как я погляжу? Ищете повода освободить его под залог? Учтите, я в этом не участвую! Хотите, чтобы я помогла вам выпустить маньяка, и на меня ополчился весь город?! Будь слова Тони правдой, неужели, по-вашему, я стала бы их отрицать? Неужели позволила бы ни в чем не повинному человеку оставаться в тюрьме?!.. Да за кого вы меня принимаете! Но Тони не было там, слышите ? Его там не было! И ни вы, и никто другой не заставит меня говорить неправду. А что касается мести ... я выше этого. Когда меня предают, я просто вычеркиваю подлеца из своей жизни, вот и все. Отныне нас с Тони ничто не связывает и я ничего ему не должна. Страшно подумать, что я могла оказаться на месте Челесты…У этого парня не все дома, он ненормальный, это я вам говорю! Нужна медицинская экспертиза, тщательное расследование…вот чем вам следует заняться, дорогая моя миссис Доусон!..

- Вы замечательная актриса, Рут,- спокойно подытожила Джанет, поднимаясь со стула.- Сцена вышла просто блестящей, жаль, зрителей маловато. И все же… все же, меня вы не убедили. Вы лжете, Рут, лжете умело, но я распутаю вашу ложь – тем более, что я знаю ее причину, что бы вы там не говорили.

 -И учти, девочка,- перешла она вдруг на ты,- ложные показания с целью сокрытия истины караются законом. Много тебе не дадут, от силы год или два, но чур не плакать и не пускать слюни, когда я прижму тебе хвост!

- Думаешь, тебе, как жене шерифа, все сойдет с рук?- прошипела Рут.- Сегодня же я сделаю этот разговор достоянием гласности!Налогоплательщики должны знать, к т о и к а к расследует преступления в нашем городе!

    Задыхаясь от ярости, она с треском захлопнула дверь за незваными гостями, схватила стакан и щедро плеснула туда виски.

- Вранье. Все вранье. Ничего у них нет и быть не может,- немного успокоившись, принялась рассуждать Рут.- Улица была пуста, никто не мог видеть, что я поджидаю Тони, а значит - я должна продолжать держаться своих слов, вот и все!..

    Глава пятнадцатая.

- Ну? Что ты от этом думаешь?- спросила Джанет в машине, нервным движением вытряхивая сигарету из пачки – похоже, этот разговор тоже дался ей нелегко.

- Почему у стерв всегда красивые ноги? Заметь, хорошей, чуткой женщине о таких ногах и мечтать не приходится, но стервы…

- Фред, я серьезно.

- Она врет, эта твоя сексапильная Рут Диксон.

- Я-то в этом уверена, а ты почему так думаешь?

- Не знаю. Не могу объяснить. Интуиция.

- Да, но на одной интуиции ничего не построишь. Нужны факты.

- Факты будут. Стоит нашей красотке начать травить тебя с телеэкрана, как обязательно появится кто-нибудь еще, кто отсмотрел весь спектакль от начала до конца, но ничего не понял.

- Именно поэтому, солнце мое, она и не станет поднимать шум. Хочешь пари?

- Да нет, воздержусь. Рут не производит впечатления слабоумной. То, чем она тебе грозила, было сказано в запале, теперь она и сама наверняка жалеет о своих словах.

- Ну да, если бы ей было нечего скрывать, она не побоялась бы развязать против меня телевизионную войну, обвиняя во всех грехах – люди любят трескучие разоблачения, к тому же на этом можно подзаработать, состряпав парочку репортажей. Но рыльце-то в пушку, поэтому Рут предпочтет потихонечку спустить все на тормозах, а это значит…

- Это значит, что мы сами должны будем гнать волну. Дадим в газеты подробное описание расследования, упомянем Рут…вот увидишь, кто-то да найдется.

- Кто может найтись, Фред? Там кругом глухие стены.

- Говорят, и у стен есть уши.

- Еще вопрос можно?

- Я весь внимание.

- Скажи, ты ведь в хороших отношениях с прекрасной газетчицей Лилой Меддок?

- Был когда-то.

- Ну разумеется, кто из местных красоток не прошел через твою постель!

-Ты.

- Мы напарники, а это святое.

- Да, конечно. Так что с Лилой?

- Надеюсь, она сохранила о тебе самые нежные воспоминания?

- Доусон, что тебе надо?

- Попроси ее печатать альтернативные статьи наравне с разгромными.

- Ты сходишь с ума, мой бедный друг.

- Вот уж нет.

- Тогда объясни.

- Не забывай, у Тони остались здесь мать и сестра.

- Думаешь, их захотят линчевать?

- Линчевать, может, и не захотят, но травить будут. Люди злы, мой дорогой.

- Ладно, ради тебя я поговорю с Лилой. Она вечно в оппозиции всему миру, и станет с пеной у рта утверждать, что черное - это зеленое, пусть даже сто человек примутся ее разубеждать.

- Вот и отлично. Езжай и поговори с ней
.
- Как скажете, мэм!

Глава шестнадцатая.

В понедельник Джил проснулась поздно. Всю ночь не сомкнув глаз, она смогла забыться в тревожной полудреме лишь под утро. Бросив взгляд на часы, она охнула от испуга – половина первого! Странно, что Стелла не подняла ее утром. Вспомнив об ультиматуме, выдвинутом матерью накануне, Джил отмахнулась – маму можно понять, она разозлилась и расстроилась, как и любой другой человек на ее месте… Разумеется, сегодня все будет по-другому, они помирятся, забыв про все размолвки, и вместе подумают, как спасать Тони.

Спустившись вниз, она застала Стеллу с сигаретой и чашкой черного кофе за чтением вороха утренних газет. Коротко кивнув дочери, та сразу же вернулась к своему занятию.

- Какие новости?- заискивающе спросила Джил.

- Свидания пока запрещены,- отозвалась Стелла, делая глубокую затяжку.

- Мама, ты же не куришь!..

- Значит, у тебя обман зрения.

Сварив себе кофе, Джиллиан села напротив.

- Я проспала школу,- обреченно призналась она и, когда мать неопределенно пожала плечами, почувствовала, как на глаза набежали непрошеные слезинки.- Я тебе мешаю?..

- Нет,- обронила Стелла, не отрываясь от газеты.

- Мама, давай поговорим о вчерашнем.

- Не хочу.

- Поверь, я глубоко сожалею о своем побеге, и о тех словах… нет, правда. Мне очень жаль…

- Удивительная дрянь эта Рут Диксон,- перебив ее на полуслове, Стелла с раздражением отшвырнула газетный лист.- А ведь я с самого начала знала, что она не любит Тони!

- Мама!

- Да только он не видел этого, бедный мой, глупый мальчик… или не хотел видеть. И вот теперь, когда ему так нужна поддержка, она поливает его грязью!

- Мама!!

Стелла подняла глаза, налитые гневом.

- «Мама, мама!»,- скривив рот, передразнила она.- Оставь меня в покое! Мне некогда заниматься тобой, слышишь?! Не-ког-да!.. Ты выросла, разве нет? Еще вчера ты уверяла меня в этом! А раз ты выросла, так живи взрослой жизнью. Ты ведь не в тюрьме, тебе не грозит электрический стул, не так ли? Кроме того, ты еще, кажется, меня ненавидишь. Отлично! Это слагает с меня все моральные обязательства!

- Я случайно! Я не хотела!..

- Нет, Джиллиан, ты хотела, иначе эти слова даже не пришли бы тебе в голову. Я предоставляю тебе вожделенную свободу, чем же ты недовольна? Тебе не угодить! А свою любовь я отдам тому, кто никогда не бросал мне в лицо таких жестоких и отвратительных слов … я отдам ее Тони. Ему она нужнее.

- Но мама, мне ведь тоже нужна твоя любовь!..

- Поздно, девочка, поздно, мне нечего тебе дать,- решительно отчеканила Стелла, поднимаясь с места.- Время двухчасовых новостей. Ты позволишь?

Она ушла в гостиную, оставив заплаканную Джил в растерянности сидеть за столом. Джил чувствовала себя изгоем. Ее маленькое сердечко не могло вместить всего того ужаса, что обрушился за последние сутки. Сначала не стало Тони, теперь она теряет мать… Мир Джиллиан рухнул, и она оказалась погребенной под его обломками.

Не экране показалось лицо Рут – решительное, полное мрачного вдохновения, и Стелла с ненавистью впилась в него взглядом исподлобья.

- Итак, Тони Райдер, арестованный вчера ночью неподалеку от места преступления и подозреваемый полицией во всех трех убийствах, начал давать показания. У полиции есть все основания считать его виновным. Улики неопровержимы – нож, найденный при нем, содержит отчетливые отпечатки его пальцев. Пятна крови на лице и теле, согласно предварительным данным экспертизы, принадлежат убитой женщине. Но главной уликой является свидетельство Бэсс Донован. За несколько минут до трагической гибели Челесты, она застала убийцу и жертву совокупляющимися. Многие горожане уверены, что с арестом Райдера опасность, нависшая над их женами, сестрами и дочерьми, наконец исчезла. Теперь-то убийства прекратятся, говорят они, маньяк пойман!

- Врешь, врешь!- исступленно прокричала Стелла, зажимая уши.

Несколько секунд спустя, в дверь решительно постучали.

- Полиция, мэм, откройте!

Распахнув двери настежь, Джил отшатнулась. Перед домом собралась большая толпа, были и телевизионщики, и журналисты. Щелкали фотокамеры, и девочка поспешила вернуться в дом, напуганная всей этой суматохой.

- Обыск! Вот постановление, ознакомьтесь, распишитесь здесь. Прошу вас указать комнату вашего брата.

- Там, наверху,- растерянно пролепетала Джил.

Стелла, как разъяренная кошка, вылетела из гостиной, пытаясь грудью загородить вход на второй этаж.

- Какое право вы имеете вламываться в мой дом?!

- Миссис Райдер, мы ведем расследование по делу о тройном убийстве и…

- Ну и ведите себе на здоровье, мы-то здесь при чем?..

Стараясь стать как можно более незаметной, Джил скорчилась в уголке. Ей казалось, что все происходящее – дурной сон, и она больно щипала себя за руку в надежде проснуться.

Полицейские наводнили дом. Уяснив, что сопротивление только настроит всех против нее и повредит Тони, Стелла прекратила препятствовать полиции и вышла на крыльцо к журналистам. При виде нее толпа недружелюбно загудела.

- Я хочу сделать заявление!- пронзительно крикнула она, и все микрофоны и видеокамеры тотчас нацелились в ее сторону.- Тони невиновен, слышите вы? Мой сын никого не убивал!

Кто-то запустил в нее перезрелым помидором. Стелла уклонилась, и красная клякса, похожая на кровавое пятно, расплылась у нее за спиной по белой стене. В толпе послышались гневные выкрики.

Обведя глазами обращенные к ней лица, женщина побледнела и взялась рукой за бешено колотящееся сердце. Город был небольшим, она прожила здесь всю свою жизнь и хорошо знала этих людей ... но разве вокруг нее собрались не враги, не маски из театра абсурда?..

В спальне Тони обыск подходил к концу. У сержанта Бэйли был довольный вид – он отлично потрудился, и начальство непременно это отметит. Ночной визитер, не услышанный Джиллиан, оставил кое-что, принадлежавшее ранее одной из жертв, и найденное лишь благодаря бдительности вышеупомянутого сержанта.

Направление поиска изменилось, теперь полиция обыскивала комнату Джил, потом спустилась на первый этаж, но увы, ничего, стоящего внимания, нигде больше обнаружено не было.

Забрав с собой Стеллу и Джиллиан, полиция отбыла восвояси.

Зеваки нехотя разошлись.

Глава семнадцатая.

Допрос членов семьи Тони Райдера велся параллельно – в одном кабинете сидела насмерть перепуганная молоденькая девушка, почти ребенок, в другом – агрессивно настроенная женщина, Стелла Райдер, мать семейства.

Джанет Доусон, присутствовавшая в кабинете, не узнавала в этой фурии обычно тихую и улыбчивую свою соседку.

- Миссис Райдер, мы все понимаем ваши чувства,- предприняла она неуклюжую попытку разрядить обстановку, но эти слова лишь подлили масла в огонь, и женщина, сидевшая напротив нее, взвилась как норовистая лошадь, отведавшая хлыста.

- Неужели?! Да откуда тебе знать, девочка, что я чувствую, ведь у тебя никогда детей не было, нет, да, вероятно, уже никогда и не будет!..

Выстрел был метким и неожиданным, он поразил Джанет в самое сердце и причинил настолько сильную боль, что лицо ее изменилось. Став белой, как бумага, не проронив ни единого слова, Джанет встала и вышла в коридор.

- Зря вы так,- мгновенно посерьезнев, с укором произнес Фред Аскот, парень, который окончил ту же школу, что и Тони, только на пять –шесть лет раньше.- Отсутствие детей – большая проблема для любой женщины, и вы не можете вот так, походя…

- В таком случае, и вы не лезьте ко мне в душу!- непримиримо отрезала Стелла.- Никто из вас не может понять, что там сейчас творится. Ведь это не ваших детей подозревают в том, чего они не совершали … и не ваших детей ненавидит весь город. А Тони невиновен, я это знаю точно. Он невиновен, и я никому не позволю рядить моего сына убийцей и отверженным!..

- У вас есть доказательства его непричастности к гибели Челесты Дэйвис?

- Нет. Я просто знаю, и все.

- Вот видите! Ваши слова – не что иное, как пустое сотрясение воздуха.

- Я – мать, и я лучше, чем кто-либо другой, знаю, на что способен мой сын.

- Все это прекрасно, миссис Райдер, но как вы объясните нашу сегодняшнюю находку в комнате Тони – вот это опаловое кольцо, принадлежавшее Эрике Боу и снятое с ее трупа?

- Какое еще кольцо?

- Кольцо, найденное при сегодняшнем обыске.

- Как объясню?.. Да очень просто! Это мое кольцо. Вчера я легла в комнате сына, сняла кольцо и положила … не помню, куда. Вот именно его-то вы и нашли.

- Опишите его, пожалуйста.

- Зачем?

- Прошу вас, опишите его со всеми подробностями.

- Что за глупости, я не собираюсь распинаться перед вами по столь ничтожному поводу! К моему сыну это не относится, слышите?

- Мне придется занести в протокол, что вы, миссис Райдер, уклонились от описания кольца.

- Ничего я не уклонилась, что там описывать? Кольцо и кольцо!..

- Тогда, может быть, вы объясните мне, почему на кольце, принадлежащем вам, изнутри ободка сделана надпись «Эрике от Бобби, с любовью» ?

- Да потому, что я нашла это кольцо на дороге, вот почему! И незачем так смотреть, я ничего вам не должна!

- Миссис Райдер… Ваше желание выгородить сына мне понятно. Однако, я вынужден напомнить вам об ответственности за введение следствия в заблуждение и дачу заведомо ложных показаний.

- Вы меня на лжи не поймали!

- Я не хочу углубляться в эту историю только из уважения к вашему горю, но, дорогая моя миссис Райдер, кольцо опознано бой-френдом Эрики, тем самым Бобби Карпински. Он сделал ей подарок в честь будущей помолвки, и она носила кольцо, не снимая. Советую вам не упорствовать, иначе…

В разгар спора в кабинет вновь вошла Джанет Доусон, собранная и деловитая как обычно. По ее лицу никто из присутствующих никогда не догадался, какая буря бушует в ее душе из-за неосторожных слов Стеллы. Увидев ее такой, та передумала извиняться – по-видимому, парень немного преувеличил, и Джанет выходила из кабинета совсем подругой причине.

...Джиллиан отпустили первой. Объяснить, откуда в их доме появилось это злополучное кольцо, она не могла, сказать что-то об отношениях Тони с убитыми девушками тоже, так что ее допрашивали совсем недолго.

Поджидая мать, она сидела в коридоре, упорно не поднимая голову – встречать глазами чьи-то любопытные, или, того хуже, осуждающие взгляды, было свыше ее сил.

Почему все эти люди так уверены в том, что именно Тони держал в страхе весь город, что он и есть тот маньяк, которого вот уже несколько месяцев тщетно ищет полиция? Джил не представляла, как ей доказать обратное, но все ее существо бунтовало против столь категоричной уверенности. Тони не из тех, кто способен причинить боль другому человеку, а уж убийство…

Стелла долго не возвращалась. Так долго, что девочка успела порядком устать и проголодаться. Наконец, когда Джил стало казаться, что мать никогда к ней не вернется, Стелла появилась на пороге. Щеки ее горели – это служило верным признаком крайнего раздражения, и девочка внутренне сжалась.

- Что ты им наболтала?- спросила она, садясь за руль.- А ну, выкладывай!

Выслушав Джил в полном молчании и не ответив ни на один из ее вопросов, она свернула к супермаркету.

- Зайдем в магазин, дома нет ни крошки еды,- последовал отрывистый приказ, и Джиллиан безропотно повиновалась, хотя, если честно, охотнее осталась бы в машине.

Люди, попадавшиеся навстречу, глазели на них во все глаза, и это было невыносимо для обеих. С каждым человеком было что-то связано- вот аптекарша, мисс Фарадей, когда-то Стелла ходила с ней вместе на аэробику, вот молочник, удалившийся на покой в прошлом году, а вот школьный учитель – он учил и Тони, и Джил. Удивительное дело – ни один из них, таких улыбчивых и доброжелательных в другие дни, сегодня не поздоровался с матерью и младшей сестренкой предполагаемого убийцы. Останавливаясь, соседи смотрели им вслед, качали головами и многозначительно переглядывались.

- Я чувствую себя прокаженной,- бормотала Стелла, подкатывая битком набитую тележку к кассе.- Привет, Фэй!

Буркнув под нос что-то нечленораздельное, толстуха за кассой принялась за свою несложную работу. Дотрагиваясь кончиками пальцев до выбранных Стелой продуктов, она так небрежно швыряла их друг на друга, словно боялась испачкаться в дерьме или заразиться неведомой хворью.

- Что с тобой, дорогая?- с невинным видом спросила Стелла, но ее глаза недобро сузились, и если бы у толстухи были мозги, она не стала накалять обстановку.

Но у Фэй никогда не было мозгов.

- Как это, что со мной?!- визгливым голосом ответила она, уперев коротенькие жирные ручки в крутые бока.- Твой Тони мог изнасиловать и убить мою дочку …слава Богу, теперь-то он никому не причинит вреда! Да я бы на твоем месте сквозь землю от стыда провалилась, Стелла Райдер! Но видно, некоторые люди толстокожи от природы, и им наплевать, что… ой!..

Джиллиан только ахнула, когда ее мать, отбросив пакеты с покупками, молниеносно вцепилась руками в плечи Фэй и что было сил встряхнула ее жирное, мягкое, колышущееся мясо.

- Будешь говорить, что Тони убийца, сама станешь трупом!- яростно прошипела она.

- Эй, эй! Полегче!..-раздался голос охранника, но Стелла уже разжала пальцы и направилась к выходу.

Сидя в машине, мать и дочь подавленно молчали. Сворачивая к дому, Стелла вдруг с силой ударила обеими руками по рулю.

- Мелкие, злобные, отвратительные людишки! Да как они смеют!.. Когда Тони выпустят, мы уедем из города.

- А когда его выпустят?

- Не знаю. Скажи, Джиллиан... ты веришь Тони?

- Верю.

- Вот и хорошо. Если мы будем верить в него, он выкарабкается.

У дома их поджидал неприятный сюрприз – прямо на пороге, под дверью, кто-то опорожнил свой кишечник, навалив изрядную кучу. Джил чуть не стошнило, когда она увидела ручку двери, испачканную экскрементами.

Стелла, необычайно посерьезнев, покачала головой.

- Нас здесь затравят,- сказала она, хмуря брови.

Глава восемнадцатая.

- Итак, Джанет, что у нас есть?- спросил Фред, извлекая из коробки кусок пиццы с курицей.- Кроме подозреваемого, у нас есть нож- это раз.

- С отпечатками пальцев,- дополнил Дастин По, стажер.

- Да, но подозреваемый утверждает, что брался за рукоятку лишь для того, чтобы вытащить нож из раны!..

- Других отпечатков на ноже нет. Маловероятно, что неизвестный, рискуя быть пойманным с поличным на месте преступления, тщательно стирает свои пальчики батистовым платком.

- Допустим, хотя этот неизвестный вполне мог надеть перчатки.

- Верно. Теперь о пятнах крови. Экспертиза подтвердила, что характер пятен и их расположение на одежде вполне укладывается в версию Тони.

- Тем более, что изобличающих его пятен на одежде не обнаружено.

- Пятно крови само по себе улика, разве нет?

- Дорогой, ты отстал от жизни. Наука давно шагнула вперед, научившись распознавать и классифицировать даже пятна.

- Ну ладно, только я вот что думаю – насколько было бы проще, если бы он вообще не притрагивался к этому проклятому ножу!

- Тут я с тобой соглашусь. Но мы имеем только то, что имеем, поэтому давайте-ка не будем фантазировать. На одних «если» далеко не уедешь.

- Убийца не станет хвататься за нож, если ему грозит поимка.

- А может, у него просто не было другого выхода? Его застукали неподалеку от трупа с ножом в руках … хочешь не хочешь, начнешь сочинять сказки в свое оправдание.

- Не понимаю, зачем ему понадобилось вытаскивать нож? В наше время каждый школьник знает, что этого делать нельзя!

- Между прочим, Тони застали не рядом с трупом. Он пытался сбежать, и если бы патрульная машина опоздала, ни преступника, ни ножа на месте преступления им обнаружить не удалось.

- И что?

- А то, что мы имели бы ту же картину, что с Эрикой и Доной.

- Судя по твоим словам, убийца именно Тони?

- Я просто обдумываю ситуацию со всех сторон.

- Я склонна думать, что Тони выдернул нож, пытаясь облегчить муки жертвы. Он мог растеряться, не понимал, что делает…В его характере помогать людям, а не отправлять их пачками на тот свет, вот что хотите со мной делайте, а я ему верю!

- Послушай, у тебя подозрительно теплые чувства к арестованному. На месте твоего мужа я бы задумался!

- Трепло!

- Все дело в этой бабке Донован. Она же видела их вместе! Она их узнала … его, во-всяком случае. Только кретин мог зарезать человека при свидетелях!
- Может быть, старушенции была уготована та же участь?

- Не забывайте, все три преступления произошли в темноте, на неосвещенных участках дороги или улицы, а бабка Донован уже миновала этот участок. Неужели он стал бы убивать ее у входа в клуб или под окнами жилых домов?

- В домах на эту сторону выходят лишь окна черного хода. Какой дурак станет торчать там неизвестно ради чего?

- Выходит, старушенция сама напрашивалась?

- Совершенно верно. По дороге она остановилась поболтать с Рут Диксон – возможно, именно это и спасло ей жизнь. Тони уже шел за ней, причем шел спокойно, с удовольствием покуривая – вот, кстати, и объяснение его сигарете.

- Чушь собачья! Крик раздался уже после того, как мисс Донован рассталась с Рут. Кроме того, у него теперь были два свидетеля – не мог же он душить старуху, пока Рут глазеет на него со спины?

- Да, верно. Ну, тогда… может, он хотел оставить старуху на десерт, после Челесты и Рут?

- Зачем тебе понадобилось делать из него монстра? Предоставь эту работенку Рут Диксон, она отлично справляется с такими заданиями.

- Она по-прежнему все отрицает?

- Да, но по-человечески ее можно понять. Независимо от того, убийца Тони или нет, с Рут он поступил как свинья.

- Уверена, что это она его спровоцировала.

- Ого! Чувствуется женская интуиция, помноженная на острую неприязнь,- хмыкнул Фред.

- Увы, лицемерить я не умею,- вздохнула Джанет.

- Оправдывая твой выпад, напарник, скажу, что Рут и в самом деле чересчур усердствует. Как-никак она встречалась с ним долгое время , Тони любил ее…

- И теперь любит. Кому, ты думаешь, он позвонил, когда его арестовали? Другой бы, узнав, какие коленца выкидывает его подружка, вычеркнул навсегда из памяти эту предательницу, а что сделал Тони, как ты думаешь? Только пожал плечами! Рут делает карьеру, сказал он, и я, клянусь, чуть не треснула его по башке.

- Ладно, в конце-концов, это их личные проблемы. Может, вернемся к нашему делу, если никто не возражает?.. Так вот, похоже, Тони не выкарабкаться. Кольцо, изъятое в его доме, утопит парня.

- Но мальчики, на кольце ведь нет его отпечатков!

- Он мог легко их стереть.

- Неужели Тони так глуп, что стал бы хранить в своей комнате вещи убитых девушек?

- Хочешь сказать, кольцо подбросили?

- Эй, эй, ребята , не увлекайтесь. Зачем нырять так глубоко, когда истина лежит на поверхности? Наш город не входит в сферу влияния мафии со всеми ее штучками, вроде наемных убийц, подстав и прочей гангстерской чепухи. Все намного проще, только кое-кто никак не хочет с этим смириться.

- Ты имеешь в виду – убийца именно Тони?

- Улики говорят именно об этом, Джанет.

- Хорошо. Тогда как ты объяснишь тот факт, что Тони понятия не имеет о двух первых убийствах? То есть, я хочу сказать, почему он знает о них только то, что прочитал когда-то в газетах? Экспертиза ведь ясно установила, что все три смерти – дело рук одного человека.

- Нужно дождаться еще одного результата, и белых пятен в этом деле станет меньше.

- Психологический тест?

- Верно.

- Думаешь, он маньяк, лунатик, а убийства совершал в стадии умопомрачения?

- Во- всяком случае, это бы все объяснило.

- Чушь!

- Лунатики ходят во сне, не подозревая об этом, а потом очень удивляются рассказам родных и соседей о том, как их снимали с крыши с помощью пожарной команды.

- Находясь под действием луны, они способны напрочь забыть о том, что сделали?

- Можно сказать и так.

- Да подождите вы объявлять его лунатиком, нужно подождать результатов экспертизы!

- Есть еще один способ узнать правду.

- Да, и какой же?

- Подвергнуть его гипнозу.

- О, Боже!.. Ну давай, давай натащим сюда гадалок и шарлатанов всех мастей!

- А что? Между прочим, это не лишено смысла. Под гипнозом Тони может начать говорить интересные вещи.

- Я – сторонница общепринятых методов.

- Таких, как детектор лжи?

- Кстати, о детекторе. Если судить по его результатам, Тони невиновен.

- Болваны, да я все время вам об этом твержу!

- Детектор можно обмануть. Бывали случаи поразительного хладнокровия, когда испытуемые держали себя под контролем и не позволяли эмоциям вырваться наружу.

- И все же их ловили на лжи. У человека учащается сердцебиение, выделяется пот, а прибор методично все это фиксирует. Нет, так просто технику не обманешь!..

- Жаль только, что ее слово не является решающим в некоторых случаях.

- Да не волнуйся ты, Джанет, рано или поздно все выяснится.

- Хотелось бы верить!..

Глава девятнадцатая.

- Детка, однажды ты проснешься знаменитой на всю страну,- сказал оператор, опуская камеру.

Рут бегло улыбнулась.

- У нас впереди полно работы, Джорджи. Ты только представь – полиция находит все новые улики, дело передают в суд, приговор, кассация, смертная казнь… шутка. Представляешь, как потрясающе было бы снять смертную казнь? Прецедент создан, и пусть ноу-хау принадлежит не нам, идея в сущности неплохая. Что скажешь?

- Твоя энергия меня немного пугает. А что, если Тони отпустят?

- При таких-то уликах?.. Не будь младенцем. И потом, не забывай, я – один из свидетелей, я была недалеко от места преступления. Это Тони. Его работа. Больше некому, говорю тебе.

- Да, парень влип. Что ж, каждому свое. Ему тюрьма, тебе – взлет в карьере.

- Держись меня, Джорджи, и мы горы свернем,- пообещала она, сверкнув глазами.

Пройдя по коридору, Рут свернула в кабинет босса.

Рассел Хэзуэй сидел за столом, небрежно перелистывая какие-то бумаги. Его тщедушная фигурка, узкие плечи, лысина, окаймленная по бокам кустиками рыжеватых волос, удивительно контрастировали с дорогим костюмом, часами «Ролекс» и массивным золотым перстнем на безымянном пальце. Казалось, это разносчик пиццы надел чужой костюм и очень неловко себя в нем чувствует.

- А-а,- рассеянно отреагировал он, когда Рут, без стука войдя в кабинет, уселась на край его стола.

- Рассел, у меня к тебе разговор.

- И что, это серьезно?

- Жизненно важно.

- Ну ладно, давай, начинай.

- Рассел, в последние дни рейтинг нашего канала заметно вырос. Нас смотрят, предпочитая многим другим.

- Верно, мисс Диксон, дела и впрямь идут хорошо.

- А знаешь, почему?

- Почему же?

- Да потому, дорогуша, что люди хотят видеть мои репортажи. Я звезда, Рассел. На мне держится весь наш рейтинг!

- Рут, у тебя мания величия. Ты неплохо подаешь новости, но люди смотрят эти передачи не затем, чтобы полюбоваться тобой. Им нужны факты по делу

Райдера. Стоит интересу погаснуть, как все вернется на круги своя, и мы займем те же позиции, что и раньше.

- Прекрати, Рассел. Ты говоришь так, будто уже почуял, откуда ветер дует.

- И откуда же он дует? А!.. Ты просишь прибавку?

- Прошу? Ну что ты, Рассел, я не прошу … я требую.

- Надеюсь, это шутка,- сухо сказал он, побарабанив пальцами по столу.

- Увы, увы,- перебила Рут.- Я больше не хочу работать за спасибо.

- Я плачу всем своим работникам хорошие деньги.

- Рассел, я не все. Не ставь других на одну доску со мной! Если мы будем дружить, мы только выиграем. Моей работой могут заинтересоваться в Нью-Йорке…

- Ах вот, на что ты рассчитываешь!..

- Да. Я уеду в Нью-Йорк, и у тебя будет собственный корреспондент в большом мире.

- Рут, все не так просто. Ты видишь мир через розовые очки. Если национальному телевидению понадобится коротенький отчет о поимке маньяка в нашем городе, будь уверена, они пришлют сюда своих людей и те быстренько снимут, что им надо. Рут, пойми, никто не будет делиться с тобой куском хлеба в этом бизнесе. Конкурентов полно и без всяких там провинциальных дурочек с непомерными амбициями!..

- Рассел, ты переходишь границы. Я вовсе не провинциальная дурочка, я отличный репортер, и если у тебя не хватает мозгов заметить разницу…

- Довольно.- поморщился он, но Рут, распалившись не на шутку, уже не могла остановиться.

- Трусливые недомерки вроде тебя никогда не смогут добиться большего, чем квакать в своем болоте, а я так не могу, мне здесь тесно, мне не расправить крыльев!.. Для тебя и таких как ты нет ничего хуже настоящего дела —оно показывает нашу несостоятельность, пугает вас, суля ненужные переживания и лишнюю суету. Зачем мне это, думаете вы, мечтая, чтобы буря поскорей пронеслась над головой и затихла в отдалении! .. Но не это самое страшное, Рассел, не это! Вы затыкаете рот более смелым, стреноживаете дерзких, ставите палки в колеса решительным, в глубине души презирая и пугаясь силы и напора. Такой путь не для вас, он слишком опасен, он может завести обитателя тихого болотца неведомо куда. Ты и тебе подобные…

- А знаешь, пожалуй, я оставлю тебе только утренние выпуски « Криминальной хроники»,- задумчиво протянул он, и Рут смолкла, замерев с открытым ртом. Ей казалось, что она с размаху налетела на стену. Утренние выпуски?..

- Думаю, Сьюзан не хуже справится с темой,- продолжал он, почесывая висок указательным пальцем.

- Что?!- переспросила Рут, не вполне доверяя своим ушам.

Ощущение было такое, словно воздух вокруг нее превратился в угарный газ – дыхание перехватило, перед глазами поплыли разноцветные круги, в ушах зазвенела от прилива крови.

- Конечно, Сьюзан справится,- подытожил он.

- Рассел, ты не можешь так поступить со мной,- пробормотала она, уничтоженная.

- Почему же? Разве я не твой босс?

- Рассел, это моя передача – я веду ее с самого начала, это моя находка… в конце-концов, я вела прямой репортаж с места преступления … нет, не делай этого! Эта глупая гусыня Сьюзан только все испортит!..

- Не говори так о моей невесте. Спустя месяц-другой она станет начальником службы новостей, и тебе ой как придется прыгать перед ней на задних лапках!- жестко отчеканил Рассел, откидываясь в кресле.

- Ах, вот оно что!..

- Да. Советую поумерить свою прыть…если ты, конечно, еще хочешь у нас поработать. Помни о том, что мы нужны тебе больше, чем ты нам. На твоем месте в любую минуту может оказаться кто угодно – даже гримерша, если она согласится взвалить на себя эту головную боль. И кстати, мисс звезда, если уж на то пошло … канал от такой замены только выиграет. Все жители города отлично знают о твоих шашнях с убийцей. Теперь он сидит в тюрьме, а ты строишь карьеру на его костях и людям это не нравится. Люди считают тебя двуличной, хотя и не сочувствуют покинутому любовнику. Они только обрадуются, если я отстраню тебя от работы. Смири гордыню, Рут, и запомни как дважды два – я твой бог! Будешь послушной моей воле, и я вознагражу тебя, нет – безжалостно выкину. Что ж, разве мы не сами выбираем свою судьбу?!..

Не произнося в ответ ни единого слова, она смотрела на него в упор ненавидящими глазами. Тридцать секунд молчания показались обоим вечностью. Подмышки Рассела взмокли. Что еще может выкинуть эта ненормальная? Она и в самом деле отличный репортер, и если ему удастся обуздать эту непомерную наглость, пусть даже взяв Рут на испуг, она прекратит взбрыкивать. Если нет – пускай убирается к черту!..

Внезапно колючий взгляд Рут смягчился и потеплел. Рассел понял, что этот раунд он выиграл.

- Хорошо,- беспечно сказала она,- всегда приятно покориться мужской силе. Ты мой босс, мой начальник, и если ты говоришь, что я неправа – значит, так и есть. Я могу считать, что мы помирились?

- Ну, если ты оставишь свои штучки…

- Значит, помирились. В таком случае, я предлагаю скрепить наше примирение.

- Я не держу здесь напитки.

- Я имею в виду совершенно иное,- облизав губы кончиком языка, она потянулась особым, медленным кошачьим движением, встала и, покачивая бедрами, поплыла к выходу.

Рассел следил за ней с неопределенной усмешкой на маленькой лисьей мордочке – было невозможно понять, о чем он сейчас думает.

Заперев дверь, Рут так же медленно вернулась к его столу, резким движением развернула кресло и, опершись на подлокотники, приблизила к лицу Рассела свое лицо с мерцающими глазами и полуоткрытым ртом.

- Это лишнее,- заметил он, когда она принялась расстегивать ему брюки.

Орудие Рассела было не ахти- такое же второсортное, как и его хозяин. Все внутри Рут протестовало против такого унижения, но ведь если она постарается по-настоящему, то сумеет приобрести союзника в лице недавнего врага. Ну, девочка, давай, покажи этому недомерку, что ты умеешь, попыталась она подзадорить свою так некстати угасшую чувственность, и с решимостью утопающего склонилась над своей соломинкой.

- Э, нет, детка, подожди,- остановил ее Рассел,- надеюсь, ты здорова? Да? Это точно? И еще… вот, возьми салфетку, вытри губы. Мне не нужны неприятности!..

Позже, когда все кончилось, ее вырвало в туалете. Желудок уже исторг все содержимое, но спазмы не прекращались. Прислонившись вспотевшим лбом к холодному кафелю, она прислушивалась к клокочущему внутри бешенству. Когда-нибудь Рассел сполна расплатится за сегодняшний день — да, да, она заставит его расплатиться, причем в двойном, тройном размере, а пока … что ж, пока надо терпеть. Надо терпеть!..

Изображая из себя кроткую овечку, она выиграет время – только бы дотянуть до суда, снять последний репортаж и завладеть кассетами, а уж смонтировать документальный фильм она сумеет – мало ли частных студий в штате? Разумеется, это рискованно и противозаконно, ведь все права принадлежат Расселу, но у нее найдется контраргумент – подашь на меня в суд, и твоя семейная жизнь закончится, едва начавшись. Сьюзан из породы чистоплюек, ей вряд ли понравится, что женишок обманывает ее в рабочее время прямо в своем кабинете… Так, ладно, это все потом, сейчас гораздо важнее решить вопрос с кассетами, на которых записаны ее репортажи. Что, если начать забирать их уже сегодня? Нет, нельзя. Пропажу могут обнаружить, и тогда для нее все будет кончено.

Приведя себя в порядок, она появилась на публике по обыкновению с весьма самоуверенным видом. Предстояла еще куча работы, вечерний эфир –

если Рассел выполнит свою угрозу и отдаст его этой мерзавке Сьюзан, Рут просто размажет обоих по стенке!..

Проходя мимо зеркала, она отметила необычную бледность своей кожи, но, спустя минуту, и думать об этом забыла.

Остаток дня пролетел незаметно. Если что и омрачало иногда настроение, так это мимолетное воспоминание о финальной сцене в кабинете босса. Подумать только, на что ей приходится идти, пробивая себе дорогу в лучшее будущее…ох, с каким удовольствием она бы врезала Рассел между ног, превратив в кашу все, что там находится! Один раз Рут даже пришлось ущипнуть себя за руку, чтобы не начать говорить об этом в эфире.

Мало-помалу состояние ее души нормализовалось, однако с желудком по-прежнему что-то не ладилось – временами накатывали приступы тошноты, начинало мутить – слава Богу, репортаж прошел без сюрпризов. Дошло до того, что она с ужасом отвернулась от куска пиццы с грибами и луком, предложенной оператором. Пожав плечами, парень сьел угощение сам, а присутствовавшая при этом гримерша – она поправляла Рут выбившуюся из прически прядь волос - окинула ее лукавым всепонимающим взглядом.

В суматохе дня Рут некогда было задумываться над всей этой чепухой, но вечером, в машине, по дороге домой, она вдруг вспомнила взгляд Эллис, случайно пойманный в зеркале – может, дуреха вообразила, что у нее роман с этим мальчишкой? Возможно, кусок пиццы показался ей верхом галантности, где уж этой бедняжке, знать, как ухаживают за красивыми женщинами…теперь, чего доброго, разнесет новость по всем закоулкам. Покоя нет от этих баб, хлебом их не корми, дай посплетничать о ком-то!..

Приготовив себе на ужин салат из тунца с овощами, Рут разогрела в духовке мясо, и только села за стол, как ее вывернуло от запаха чеснока.

- Я беременна,- пробормотала она, едва сумев отдышаться.- Беременна. Чудесно.

Оставалась слабая надежда, что это ошибка, что у нее проблемы с пищеварением, бывает же такое на нервной почве, что это легкое отравление, которое пройдет к утру…Кто-нибудь другой, возможно, дал бы себя уговорить, но деятельная натура Рут требовала определенности, мучиться сомнениями всю ночь она не желала и, выскочив на улицу, в чем была, Рут села за руль и понеслась в дежурную аптеку купить тест, определяющий подобные состояния.

Отрезвление пришло к ней по дороге. Маленькие города плохи тем, что все жители знают друг друга как облупленных, и если сегодня она купит тест, завтра с утра это станет известно каждому жителю. Тогда ее немедленно зачислят в число изгоев – да-да, ее приравняют к сестре и матери Тони, от которых уже сейчас многие горожане шарахаются, как от зачумленных. Карьере конец – местные пуритане не позволят появляться на экране и входить по вечерам в их дома незамужней дурехе, умудрившейся понести от маньяка. Возможно, Тони тут ни при чем, но кто, кроме нее, об этом знает?..

Затормозив у аптеки, она заглянула внутрь через стекло. За прилавком возилась старая грымза Милдред О-Нил, Синди Кавалерчик мыла пол, а на диванчике поодаль примостилась вторая аптекарша, измеряющая кому-то давление. Войти в этот террариум и купить нужный ей тест все равно, что объявить по радио о своем состоянии.

Чертыхнувшись, она поехала назад. Что там из средств первой помощи используют в таких случаях? Ванну с кипятком?..

Глава двадцатая.

Захлебываясь слезами, Джил выскочила из класса. Она пыталась перестать плакать, но слезы все текли и текли, словно там, внутри нее, кто-то оставил открытым кран с водой. В классе остались ее вещи, но Джил решила за ними не возвращаться. Снова оказаться под прицелом презрительных взглядов, услышать смешки и шепот за спиной она была не в состоянии.
От нее отшатнулись все, даже близкие подруги не сказали с ней ни слова!

Ребята, предводительствуемые Стеном, вели себя вызывающе, задирали ее, не обращаясь впрямую, потом начинали издевательски гоготать, и девочки хихикали им в ответ. Учитель делал вид, что ни о чем таком даже не подозревает, и вскоре Джил поняла, что защищать ее он не станет.

Обессилев от слез, она села на корточки, привалилась спиной к стене и тупо уставилась перед собой. Сегодня Джил смогла выдержать всего два урока, а как же завтра, послезавтра, через неделю? Она сойдет с ума, если с ней станут обращаться так каждый день!

- Джиллиан Райдер, почему не на уроке?- раздался над ней строгий голос.

Джил подняла голову и, разлепив склеившиеся ресницы, разглядела миссис Горн, директрису, перед которой трепетали даже отпетые хулиганы.

- Почему ты молчишь? Что у тебя с лицом? За что тебя выгнали?- допытывалась Мелисса Горн.

- Меня не выгнали, я … я сама ушла,- тихонько всхлипнула Джил.

- Вот как, сама ушла. Ты принимаешь наркотики?

- Нет.

-Посмотри мне в глаза! Хорошо. Иди в класс.

- Я не могу. Они дразнят меня… обижают…я не могу.

- Что такое?

- Это из-за Тони… Тони в тюрьме… Это из-за него…

- Кто дразнит, назови поименно.

Джил молчала.

- Видишь, Райдер, тебе нечего сказать. Немедленно марш в класс! У тебя минус,- объявила директриса и, приоткрыв дверь, втолкнула Джил внутрь классной комнаты, моментом ощетинившейся враждебными взглядами.

Не поднимая глаз от пола, Джил вернулась на свое место. Стул показался ей раскаленным. Вокруг образовался вакуум – все делали вид, что ее нет, и девочке потихоньку стало казаться, что она превратилась в один из предметов меблировки.

Когда, наконец, раздался звонок, и все, весело хихикая, выбежали из класса, она осталась сидеть в одиночестве за своим столом. Через минуту в класс вернулась Линда Коган, одна из девочек, с кем Джил всегда отлично ладила. Потянув к себе свою сумку, она зачем-то полезла в боковой кармашек, бросила косой взгляд в сторону Джил, и отвернулась снова.

- Линда!..- позвала та слабым голосом.- Послушай, Линда, что я тебе сделала?

- Мама говорит, что твой братец мог убить и меня, если бы его не поймали.

- Тони не виноват!..

- Конечно! Именно поэтому его и держат в тюрьме,- фыркнула Линда.

- Но я ?.. Я-то ведь не в тюрьме! Я-то не убийца! Я никому из вас не сделала ничего плохого, зачем же вы мучаете меня?- сквозь слезы спросила Джил.

- Да отстань ты!- огрызнулась Линда, выбегая из класса.

На мгновение открывшаяся дверь впустила смех и веселые возгласы, а затем закрылась с мягким хлопком, отсекая все это. Джил вновь осталась в тишине. Как в гробу, мрачно подумала девочка. Еще вчера и она бегала вместе с ними. Еще вчера!..

Понемногу ученики стали возвращаться в класс. Стен, проходя мимо нее, скривил губы. Его дружок Пол изобразил рвоту. Вокруг захохотали. Вытерпеть это было невозможно. Схватив сумку, расталкивая всех локтями, Джил вылетела в коридор. К черту школу! К черту чертову школу!

Слез больше не было. Душа ожесточилась. Сжав губы, опустив глаза, шла Джиллиан по улицам, пытаясь придумать, что бы такого сделать, чтобы все ахнули, и по своей наивности не догадываясь, что уже одно ее появление здесь является пощечиной всем встречным и поперечным. Так вот, почему мать предпочитает с некоторых пор заказывать продукты с доставкой на дом!..

Что же, теперь она вполне понимала Стеллу, и мать, пройдя через то же самое, наверняка одобрит решение Джил бросить школу хотя бы на время. А может, она просто пожмет плечами и равнодушно процедит сквозь зубы набившую оскомину фразу о том, что Джил уже взрослая и должна думать собственными мозгами, не ожидая подсказки со стороны по каждому поводу.

Вот странно!.. Еще так недавно Джил стремилась стать взрослой, считала себя самостоятельной, как вдруг выяснилось, что ей совсем не нужна эта дурацкая самостоятельность. Легко бунтовать, когда за твоей спиной прочный тыл, крепкая семья, материнская любовь и все такое прочее, легко дуться и считать, что никто тебя не понимает, но стоит тебе лишиться этого тыла, как вся твоя взрослость оказывается тебе не нужна. Ох, ну зачем же ей тогда понадобилось идти на этот глупый конфликт с матерью?! Как страшно бороться с этим жестоким миром один на один, без всякой поддержки!..

Задумавшись, она едва не налетела на Мадлен Ротт, соседку, чья семья занимала дом в полумиле от их жилья.

- Извини,- буркнула Джил, намереваясь идти дальше, но Мадлен, маленькая блондинка с пляшущими надо лбом кудряшками, цепко схватила ее за запястье.

- Что с тобой?

- А что со мной?

- Ты плакала? Тебя обидели?

- Ты разве не знаешь, что Тони арестован?- вырывая руку, враждебно спросила Джил.

- Конечно знаю, только при чем тут это?

- И ты не брезгуешь разговаривать со мной? Тебе не противно? Остальные избегают меня. Я одна. Я осталась совсем одна!..

- Джил, бедная ты моя девочка!- простонала Мадлен, нежно привлекая ее к себе.- Ты больше не одна, слышишь? Ты не одна! Теперь мы вместе. Кошмар закончился, дорогая, верь мне!..

Джил стало неловко. Когда-то, года полтора назад, она не слишком-то хорошо поступила с Мадлен, и вот теперь, вместо того, чтобы отвернуться от нее как это сделали все остальные, Мадлен утешает ее и предлагает поддержку. Какое счастье, что в этом городе есть хоть один человек, относящийся к ней приветливо и дружелюбно!..

- Хочешь поехать со мной?- предложила Мадлен.- или вот что, сделаем так. Приходи ко мне часов в семь. Посидим, поболтаем. Нам ведь найдется, о чем поговорить, верно?

- Приду,- благодарно кивнула Джил.- А разве ты еще …ну, это…разве ты еще его не забыла?

- Нет,- печально улыбнулась Мадлен, и серые глаза ее затуманились.- А вы уже были у него?

- Пока нет. Идет следствие. Никого не пускают.

- Ладно, Джил, мне пора бежать. Увидимся вечером. Пока!

- Пока,- вздохнула Джил, провожая глазами ее юркую, как у ящерицы, фигурку.

    Мир снова обрел краски!..

- До вечера, Мадлен!

    Она зашла в кафе съесть мороженое. Люди по-прежнему косились в ее сторону, но Джил теперь не обращала на них внимания. Она ни в чем перед ними не провинилась … и незачем пялить глаза, словно она кенгуру, сбежавшая из зоопарка!

    Мороженое было сливочно-клубничным, очень вкусным, слегка подтаявшим, как она любила. Смакуя лакомство, Джил размышляла о Мадлен. Разумеется, ее дружба не совсем бескорыстна, Мадлен до сих пор любит Тони, и любит, как оказалось, по-настоящему. Когда-то они с Тони и Рут учились вместе, и пока Рут крутила носом, даже, кажется, немножко встречались. Тони, правда, никогда не воспринимал ее всерьез, а когда в его жизнь вошла Рут Диксон – яркая, броская, рыжеволосая каланча, кудрявая коротышка Мадлен получила окончательную отставку. Наверное, Тони из тех, кому нравятся стервы …и вот вам, пожалуйста, результат. Тони в тюрьме, а Рут – вот уж стерва так стерва!- поспешила от него откреститься. Надо бы свести Мадлен со Стеллой – они, наверное, даже думают одинаково, им будет хорошо вдвоем.

Отставив в сторону пустую вазочку, она загрустила. Так значит, со Стеном все кончено…Сначала он с приятелями разбил машину Тони, теперь настроил против Джил весь класс, а завтра закрутит любовь с кем-то из ее подружек. Он такой же, как Рут – чуть что, и предательство. Получается, что ни ей, ни Тони, ни Мадлен, ни даже Стелле в любви не повезло.

Но как же можно жить, когда тебя не любят? Теперь тебе придется это узнать, сказал противный внутренний голос. А может быть, Мадлен научит ее держать удар и не сдаваться – прошло полтора года, а она до сих пор не утратила своих надежд.

Вопрос в другом – стоит ли Стен таких трудов? Она почувствовала, что уже не сердится на него. Первая любовь глубоко укоренилась в ее душе, и пусть бросит камень тот, кто никогда не был тинэйджером.

Глава двадцать первая.

Дружить с Мадлен Ротт оказалось легко и приятно, несмотря на небольшую разницу в возрасте и интересах. Теперь они встречались каждый вечер – сначала дома у Мадлен, потом, когда Стелла прониклась симпатией к новому человеку, стали все чаще проводить вечера втроем в их гостиной.

Стелла нашла в Мадлен преданного союзника, верную Тони душу, в которой ненависть к его обидчикам горела почти столь же сильно, как в ее собственной. Дошло до того, что Стелла позволила ей несколько раз переночевать у них в доме, и где – в святая святых!- в спальне Тони.

Джил иногда даже принималась ревновать их друг к другу. С Мадлен можно было говорить обо всем, она умела слушать, смеялась или огорчалась в нужных местах, а когда Джил принималась рассказывать о Стене, слушала с удвоенным вниманием. У Джил никогда еще не было такой замечательной подруги, и как-то в минуту особой откровенности она поклялась, что приложит все усилия для того, чтобы Тони наконец обратил внимание на Мадлен.

- Тони просто дурак, что до сих пор держится за Рут. Надеюсь, тюрьма пойдет ему на пользу и хоть капельку его образумит,- полушутя-полусерьезно сказала она, и Мадлен бросилась ей на шею.

Иногда Джил казалось что все это слишком хорошо чтобы быть правдой. Что, если Мадлен вдруг надоест с ними возиться? Что станет с ней и с ее матерью? В последнее время Стелла как будто оттаяла, внутреннее напряжение спало , она начала улыбаться и даже стала чуточку ласковее с Джил. Во- всяком случае , когда позвонили из школы с намерением вяло поинтересоваться, не больна ли мисс Райдер, Стелла устроила им настоящий разнос, обвинив в некомпетентности и неумении ладить с подростками. Что стоит школа, где бедную девочку травят одноклассники при полном попустительстве учителей, гневно вопрошала она и сама же отвечала на свои вопросы - да ничего, и радуйтесь, миссис Горн, что я не подаю на вас в суд!..

Джил уже десять дней не ходила в школу, и если раньше такая жизнь показалась бы ей до отвращения пресной, то теперь что-то изменилось. Она начала запоем читать книги стараясь хоть чем-то походить на свою драгоценную Мадлен, перечитавшую, казалось, все на свете. Образ Стена тускнел с каждым днем. Нет, Стен определенно не тянул на рыцаря, способного завоевать женское сердце на веки вечные – он груб, он курит травку и слишком много лжет. Пускай другие дурочки вешаются ему на шею. Она не станет.

…Стелла каждый день уезжала в полицию, чтобы узнать новости из первых рук – передачи с Рут Диксон она старалась не смотреть, в буквальном смысле слова опасаясь за свое психическое равновесие. Ее трясло при виде этой лживой стервы, каждый раз выливающей по ушату грязи на Тони, и Джил уже не раз и не два приходилось бежать за успокоительным. Иногда Стелла думала, что, столкнись они с Рут лицом к лицу на улице, и она кинется в драку, не сумев сдержаться, надергает пучки этих рыжих волос, а потом будь что будет!..

К Тони ее до сих пор не пускали, однако Джанет Доусон, приняв сбивчивые извинения миссис Райдер, согласилась как-то передать ему привет от семьи.
Просиживая целыми днями у ее кабинета, Стелла ждала, когда Тони поведут на очередной допрос, и однажды ей удалось-таки его увидеть.

Увиденное поразило ее в самое сердце – Тони выглядел осунувшимся, усталым и издерганным. Проходя на допрос, он не смотрел по сторонам и Стеллу не заметил, но на обратном пути, когда женщина едва не бросилась под ноги конвоиру, отчаянно блестя глазами крикнул, что скучает по Рут и клянется, что убийства не совершал.

- Мама, сходи к Рут, скажи ей…- это были последние слова ее дорогого мальчика, которые удалось разобрать Стелле.

Потрясенная встречей, она как подкошенная рухнула на стоящий поблизости стул. Заныло сердце, и Стелла машинально принялась растирать ладонью левую сторону груди. Идти к Рут? Зачем?.. Бедный, бедный, он до сих пор думает об этой фурии!

Странно… хотя Джанет как-то раз обмолвилась, что до конца следствия ему не положены ни газеты, ни телевизор в камере. Выходит, он так ничего и не знает о ее предательстве?.. Боже, боже, сколько же горестных открытий приготовила ему жизнь!

Взволнованная всеми этими событиями, она чуть было не забыла передать полиции свое заявление – в последнее время кто-то повадился донимать их с Джил ночными звонками. Спросонок схватишь трубку – а там чей-то гомерический хохот, перемежающийся оскорбительными репликами… кроме того, кто-то измял клумбы у дверей, воспользовавшись отсутствием хозяев – похоже, вокруг дома гоняли на автомобиле или мотоцикле. Вчера ночью в окно кинули камнем. Жить на отшибе становилось страшновато.

Джанет приняла заявление и пообещала разобраться. Скорее всего, хулиганили подростки, сказала она, и Стелла грустно покачала головой.

- Я боюсь за Джил,- сказала она.- Очень боюсь.

Глава двадцать вторая.

Прошло уже несколько дней с момента потрясающего открытия Рут, а она до сих пор пребывала в состоянии неуверенности.

Беременна или нет?..

Купить тест в одной из городских аптек она не решалась, а посетить врача не имела возможности. Работа съедает все ее время, она освобождается поздно вечером, а до ближайшего населенного пункта, где есть клиника, не меньше пятнадцати миль, да и врачи принимают только по записи…

Она знала, что в таком вопросе тянуть нельзя, и все-таки тянула. Может быть, все как-нибудь само рассосется?..

Тошнота теперь мучила ее реже, однако приступы стали более тяжелыми. Несколько вечеров подряд она провела с ногами, опущенными в таз с кипятком, однако желанной развязки не дождалась. В результате, все кончилось тем, с чего должно было начаться – она поехала в аптеку, купила сразу несколько тестов, вернулась домой и, вывалив блестящие коробочки на стол, пошла варить кофе. Ну вот, скоро все решится. Ох, только бы тревога оказалась ложной!

Она устроилась с чашкой кофе в кресле, немного отхлебнула и погрузилась в мечты. Следствие по делу Тони вот-вот закончится, бумаги передадут в суд. Его посадят, это несомненно. Посадят, а может быть, и казнят. Она закрыла глаза, представляя гладкое, мускулистое тело Тони, затем мысленно пририсовала к нему электрический стул. Если Тони казнят – это будет ее месть за его глупую связь с Челестой. Вот идиот, нашел с кем наскоро перепихнуться! Хотя Эта пустоголовая корова и не годилась для других целей …разве что на мясо. Интересно все-таки, кто ее кокнул? Муж, как ни странно, вне подозрений – ему просто повезло, что этот болван Тони не успел далеко уйти от места преступления. Обычно рогатые мужья – да и безрогие тоже – первыми попадают под подозрение полиции. А у него и профессия подходящая – мясник. Жаль только, что в час Х он торчал у стойки, хлопая стакан за стаканом, и это видела добрая половина посетителей бара.

Мысли ее потекли по недозволенному руслу. Рут и подумать не могла, что станет скучать по Тони, этому слизняку, который, как оказалось, и защитить-то себя не в состоянии. Однако, факт оставался фактом- в глубине души она по нему скучала.
Тони любил ее больше жизни, он был всегда рядом, это было удобно…Да и в постели этот парень превосходил всех остальных, с кем ей подчас доводилось встречаться, разумеется, за его спиной. А что вы думали?..

Они, конечно, все поголовно были идиотами, но ведь ей трудно угодить, это всем известно .

 Интересно, удастся ли ей найти другого человека, кто станет любить ее столь же сильно? Конечно, удастся, самонадеянно решила она. А пока, избавившись от Тони, она должна избавиться и от его ребенка.

 Нда-а-а… Повернуть бы все назад, да нельзя. У нее цель - уехав в Нью-Йорк, круто изменить свою жизнь. А Тони? Что ожидало бы ее с Тони? Прелести семейной жизни в маленьком городке, где годами ничего не происходит? Да и потом, жить с человеком, которого не любишь, очень непросто. Она начала бы раздражаться, капризничать, брюзжать, орать без всякого повода, испортила бы себе характер, нажила преждевременные морщины…

 Нет уж, увольте. Если судьбе было угодно наградить ее страстной, кипучей, энергичной натурой, нужно жить в соответствии со всеми этими качествами. Семейная жизнь не для нее, во-всяком случае – пока. А Тони… с Тони все будет в порядке. Для смертной казни суду не хватит улик, но посидеть ему придется. Что же, это послужит ему предостережением – не совать в дальнейшем нос, куда не следует.

 Звонок в дверь прервал ее размышления. Черт, половина двенадцатого! В последнее время ее квартира превратилась в проходной двор. Кому понадобилось нанести ей визит среди ночи?! Кто бы это ни был, сейчас он слетит с лестницы. А может, произошло очередное убийство, и ее просто вызывают на работу?

 Распахнув дверь, она в замешательстве остановилась на пороге. Прямо напротив, сохраняя полную неподвижность, стояла Стелла Райдер, мать Тони, которая и раньше не очень-то ей симпатизировала, а уж сейчас, судя по выражению лица, загрызла бы не задумываясь.

- Войти можно?- едва разжав губы, спросила Стелла.

 Сама не зная, зачем это делает, и в глубине души подозревая, что совершает глупость, Рут посторонилась, и Стелла, обдав ее запахом горчайшего миндаля, стремительно вошла в гостиную. Слишком поздно Рут вспомнила, что посторонним сегодня лучше там не появляться. Войдя в комнату следом за непрошеной ночной гостьей, она увидела, что Стелла с брезгливой улыбкой читает аннотацию на упаковке.

- Чем обязана?- ледяным тоном спросила хозяйка квартиры.

Небрежным движением бросив коробочку назад, Стелла остановила на лице Рут тяжелый хмурый взгляд.

- Хочешь осчастливить меня внуком?

- Нет.

- Лжешь!

- В таком тоне извольте резговаривать со своей дочерью!- вскипела Рут.- выкладывайте, зачем пришли и … и я вас не задерживаю.

- Не волнуйся, не задержусь,- отозвалась Стелла. – Несколько дней назад я виделась с Тони.

- А что, свидания уже разрешены? Следствие кончилось?- вскинула брови Рут.

- Он просил сказать тебе …- лицо Стеллы страдальчески исказилось. Казалось, она пытается вытолкнуть слова, примерзшие к языку, но сколько ни старается, не может этого сделать.

- Что сказать?

- Неважно,- глухо бросила Стелла, чуть не бегом направляясь к двери.

- Да ради Бога!.. Я и сама отлично знаю. Он любит меня и будет любить вечно. Старая песня!

- Ошибаешься,- процедила Стелла.- Тони просил передать, что в тюрьме он многое понял … короче, между вами все кончено.

- Извините, верится с трудом.

- Ты не заслуживаешь такой любви!

- Ну и что? Те, кто по-настоящему заслуживают любви, редко ее удостаиваются.

- Да, верно. Надеюсь, в твоей жизни это будет единственная удача. А что касается ребенка … Избавься от него. Он тебе не нужен. Ты не сумеешь воспитать его по-человечески.

- Да, зато вы сумели,- фыркнула Рут.- Не каждая мать сможет похвастаться сыном-маньяком!

Она еще не успела закончить фразу, а ладонь Стелы уже с треском хлопнула ее по щеке – раз, другой…

- Теперь я твой враг на всю жизнь,- мертвым голосом произнесла Стелла, и Рут не посмела возразить, настолько страшным показалось ей выражение лица ее визави. Что еще выкинет эта сумасшедшая белоглазая баба? Примется душить ее?..

- Помни об этом,- гнев угас, и Стелле стало противно. Вымыть бы с мылом руки…

Захлопнув дверь, Рут прислонилась к стене, совершенно обессилев.

Кажется, у ее несостоявшейся мамочки поехала крыша. Будь в ее сумке пистолет, она вполне могла бы залепить мне пулю в лоб, содрогаясь, думала она.

Враги на всю жизнь, ну-ну…может быть, стоит заявить в полицию? Угрозы, рукоприкладство и все такое прочее?..

Да, разумеется, но если об этом узнают в городе… конечно, многие Стеллу недолюбливают, особенно теперь, но – надо смотреть правде в глаза!- ее, Рут, здесь тоже не очень-то любят. И неважно, в чем тут дело – в вульгарной зависти к ее удачливости и красоте или в чем-то другом, но новый скандал Рут не нужен.

С этим городом ее связывает только лишь незаконченная серия репортажей. Стоит снять последние кадры, и она сбежит отсюда, чтобы уже никогда не зозвращаться. Господи, скорее бы!..

Вернувшись в комнату, она взглянула на часы. Ночь . Немного поздновато для анализов, но ... Если результат окажется отрицательным, это сразу компенсирует все ее сегодняшние страдания.

Разумеется, тест дал положительный ответ. Она была беременна!..

Глава двадцать третья.

Стеллы не было до полуночи. Джил ждала ее, сидя у телефона. Мадлен сегодня работала в ночную смену, и сидеть в пустом доме было жутко. Весь вечер по дороге с воплями носились на машине какие-то идиоты, и каждый раз, когда они вылетали из-за поворота, у девочки от испуга екала селезенка. Конечно, если они начнут ломиться в дом, она примется трезвонить в полицию...вопрос в другом: успеют ли полицейские приехать до того, как с ней что-нибудь сделают. Тьфу ты, лучше об этом не думать!..

К началу первого крикуны угомонились. Дольше ждать было нельзя, и Джил вышла прогуляться с собакой. Конечно, можно было бы выпустить Дарка побегать в одиночестве, но ведь он мог и не вернуться...она сошла бы с ума, сидя в абсолютно пустом доме. Джил до сих пор и не подозревала, какая она трусиха. Да-а...раньше ее волновали совсем другие проблемы!

Выведя Дарка на поводке, она скоро его отпустила – пес терпеть не мог гулять на привязи. Тишина, царившая вокруг, успокаивала нервы – как все-таки здорово жить за городом!

Незаметно для себя, она удалялась от дома все дальше.

- Дарк, идем домой! Идем домой, глупая собака!

Обогнув ее, пес вприпрыжку помчался вперед. Джил двинулась следом. Наперерез ей из леса выехал небольшой спортивный автомобиль с незажженными фарами. Джил стало страшно – так страшно, как никогда в жизни. Она не знала, на что решиться – впереди ее ждал пустой дом без признаков жизни, за спиной пролегала пустынная дорога, до дома Мадлен было слишком далеко, а впереди...впереди ждало что-то жуткое, она ощущала это всем своим затрепетавшим сердцем.

Джил попятилась. Неужели она станет следующей жертвой этого неуловимого маньяка, на месте которого держат ее несчастного брата? Тихо, почти беззвучно открылась передняя дверца. Кто-то вышел – молча, без слов. Почему он молчит, почему не включает фары?!..

Напряжение усиливалось с каждой секундой.

Внезапный звук открывающейся второй дверцы подействовал на Джил как пистолетный выстрел прямо над ухом.

Взвизгнув, она метнулась в лес. Кровь с шумом пульсировала в ушах, ветки трещали под ногами, хлопали по лицу, дыхание с силой рвалось изо рта – она даже не знала, бежит ли кто-нибудь следом.

Оступившись, Джил полетела на землю. Кажется, она подвернула ногу – боль в щиколотке была резкой, и стоило попробовать подняться, как вывих дал себя знать, и Джил со стоном вновь повалилась на землю.

Звук собственного голоса заглушил звук шагов, так что когда на нее сверху обрушилась дополнительная тяжесть, у Джил от испуга чуть не разорвалось сердце.

Чьи то проворные руки живо заткнули ей рот пучком травы, прижали к земле…

Сопротивляясь, что было сил, Джил укусила пальцы, влезшие ей за щеку, раздался чей-то недовольный рев, затем ее ударили кулаком в лицо, и сознание Джил померкло.

Очнувшись, девочка пойманной беспомощной рыбкой забилась в этих жестоких руках, больше похожих на тиски, но что она могла сделать?

Кто-то нетерпеливо сорвал с нее шорты вместе с трусиками и поцарапал ногтями нежную кожу на животе.

Насильники действовали молча, и лишь тяжелое дыхание доказывало, что она во власти людей, а не бесплотных теней.

Резкая боль заставила ее вскрикнуть.

Кто-то грубо вторгся вглубь ее девственного тела, впился в живое мясо, и раздвигая, разрывая его, жадно и торопливо делал свое дело.

Чьи-то ладони терзали ее грудь, метались по шее, лицу, обнаженному животу…

Джил охрипла от плача – слезы боли, унижения и ужаса безостановочно текли из ее закрытых, плотно зажмуренных глаз.

Первый, второй, теперь настала очередь третьего…когда же это кончится, да и кончится ли когда-нибудь?!..

…Стелла вернулась домой около часа ночи. На коврике у двери мирно дремал Дарк, свернувшись уютным клубочком.

- Бедняжка! Эта противная девчонка выпустила тебя бегать одного в темноте, а сама завалилась спать … ну идем, идем, мой хороший.

Телевизор был выключен, свет нигде не горел. Все выглядело так, словно Джил ушла наверх и мирно спит у себя в комнате. Стелла не пошла проверять, так это или нет. Время, когда она заходила поцеловать дочь перед сном, отошло в область далеких воспоминаний. Сегодня ей хотелось подумать о другом.

Итак, Рут ждет ребенка… Ребенка от Тони! Вряд ли она решится его оставить, но произойти может всякое… больно думать, что капелька их крови, кровь Тони, плоть от плоти его самого, попадет в руки этой мерзавки! Чего доброго, она вздумает оставить ребенка, потом куда-нибудь переедет, и семье не видать малыша как своих ушей!..

…Джил очнулась от охватившего ее холода. Она лежала на земле почти голая, одежда была разорвана, ноги и живот испачканы подсыхающей кровью и чем-то еще…вязким, липким, омерзительным… Болело и ныло истерзанное тело, давал себя чувствовать каждый мускул, каждая жилочка. Лицо было разбито в кровь, саднили искусанные губы. Дотронувшись до основания шеи, она со стоном отдернула пальцы – кожа содрана…зубами ее грызли, что ли?..

Она села, потом, кряхтя, встала на колени и, ощутив под рукой что-то гладкое и прохладное, машинально захватила с собой.

Ноги дрожали и подгибались, не желая слушать и выполнять команд, посылаемых мозгом.

Собираясь с силами, Джил немного постояла, уцепившись за ствол росшего поблизости дерева. Она хотела бы умереть прямо здесь, сейчас, немедленно, и очень жалела, что ее оставили в живых. Как ей теперь справиться со всем этим? Как?!..

...Стелла успела задремать, когда снаружи, у входной двери, послышалась неясная возня. Кто-то тихонько скребся, пытаясь вставить ключ в замочную скважину, потом, отчаявшись открыть сам, нажал на кнопку звонка и уже не отпускал ее. Дарк косматым клубком подкатился к двери, но лай его, звонкий и радостный, яснее ясного показывал, что на пороге кто-то из своих.

- Тони!..- подхватилась Стелла.

Она так торопилась увидеть сына, что побежала встречать его в одной ночной рубашке, забыв про шлепанцы и халат. Замок и цепочка не поддавались ее торопливым рукам, и Стелла изнемогала от нетерпения. Тони отпустили ... ну конечно, иначе и быть не могло!

Распахнув двери настежь, она в первый момент ничего не могла понять. Тони не было, и ее радостная улыбка погасла сама собой.

На крыльце, привалившись спиной к стене. Стояла Джил – зареванная, растерзанная, с растрепанными волосами и запутавшейся в них листвой.

- Мама... мама...- едва сумела выговорить она, сползая вниз.

- Кто? Кто это сделал?- чужим голосом спросила Стелла, помогая ей подняться.

- Не знаю,- Джил разжала пальцы, и на пол со стуком упала зажигалка – фирменная, красивая, явно из дорогих.

- Л-ладно,- наклоняясь, чтобы подобрать ее, процедила Стелла сквозь зубы,- разберемся…

Она отвела Джил в комнату и , не без труда сумев пресечь надвигающуюся истерику, позвонила в полицию.

Джил порывалась уйти в ванную, но Стелла села рядом и держала ее за руку. Она прекрасно знала, что именно сейчас переживает Джил- когда-то, лет двадцать пять назад, ей и самой довелось пережить нечто подобное. Теперь, значит, пришла очередь Джиллиан…

Глава двадцать четвертая.

Спустя десять минут дом был полон полицейских. Джил освидетельствовал врач, затем, прежде чем отвезти на место преступления, ей позволили вымыться и одеться. У девочки застучали зубы, когда она в предрассветной полутьме увидела разбросанные по траве лоскутья своей одежды, и мать, находившаяся рядом, поднесла к ее носу пузырек с нашатырным спиртом, предусмотрительно захваченным из дома.

Трава, на которую упала Джил, была кое-где вырвана с корнем, неподалеку валялись ее туфли со сломанными каблуками, одна совсем рядом, другая – чуть поодаль, там, где она бежала, продираясь сквозь кусты, в надежде спастись от преследования. Странно, она ведь даже не заметила, как и когда туфли соскочили с ее ног!..

На зажигалке, переданной Стеллой полиции, оказалась дарственная надпись, которая сразу все запутала: «Любимому Майку от Челесты в день свадьбы».

- Та-ак,- сказал Фред, получив ее после всех формальностей.- Ну, и кто умеет разгадывать ребусы?

- Все ясно, как белый день,- отозвался кто-то из стажеров.- Джил Райдер изнасиловал мясник, недавно овдовевший с помощью ее братца. Око за око, как говорится.

- А может, девчонка нашла зажигалку в вещах Тони и хочет инсценировать нападение, подставив этого парня?

- У тебя паранойя, друг мой. Какой смысл Майку мстить Тони таким вот кретинским образом? И насчет второго пункта я не уверен. Зачем Райдерам подставлять мясника?

- Ладно, во -всяком случае, пока Майк Дэйвис не будет допрошен, мы ничего не узнаем. Готов ордер на его арест?

- Фрост, ты отстал от жизни. За Дэйвисом давным-давно поехали, и вот-вот привезут сюда.

- Черт, надеюсь, он не захватит с собой топора. У Майка горячий нрав. Стэит ему разозлиться, и он голыми руками наделает из нас отбивных.

- Отлично. В таком случае, возьми на себя труд объявить Майку, что он подозревается в изнасиловании несовершеннолетней.

- Почему я?

- У тебя ведь черный пояс по карате, разве нет?

- Хватит трепаться,- отнимая от уха сотовый, подытожил Фред.- Дэйвис найден в постели у парикмахерши – что удивительно, трезвый, как стеклышко. Через несколько минут парень будет в управлении.

-В чьей постели его нашли?- переспросил Фрост.

- Мисс Макферсон, парикмахерша, помнишь, ты еще к ней подкатывался? Ну эта, стройная сексапильная блондинка с искусственным шиньоном и накладными ногтями? Да что с тобой, дружище?

- Ничего особенного, просто позавчера я сделал этой сучке предложение, и теперь мы помолвлены,- выдавил Фрост , и все вокруг покатились со смеху.

- Ну, парень, считай, тебе повезло – такие вещи лучше узнавать до свадьбы,- хлопнул кто-то его по плечу.- Быть рогоносцем – сомнительное удовольствие. Моя красотка водила меня за нос семь с половиной лет, прежде чем я наконец понял, почему все переглядываются и ржут при моем появлении.

- А мой брат застукал свою жену с соседом . Вот так-то!..

…Майк Дэйвис сидел посреди комнаты на привинченном к полу табурете. Синие вылинявшие джинсы плотно обтягивали его могучие ноги, рубашка, расстегнутая спереди, открывала на всеобщее обозрение широкую волосатую грудь. Лицо его, сонное и расслабленное, не выражало ничего, кроме недоумения.

- Эй, ребята, я что, продал вам тухлое мясо?- спросил он.

- Еще минута, Майк, и ты все узнаешь.

- Какого черта вы вытащили меня из-под одеяла? Я только-только успел закрыть глаза. Эта Мэйбл – горячая штучка, доложу я вам!.. уж на что Челеста любила потрахаться, но и ей далеко до такого секса, каким меня попотчевали сегодня. У нее…

Фрост как ошпаренный вылетел из комнаты, едва не сбив с ног появившуюся на пороге Джанет.

- Что это с ним?- удивился мясник.- Приспичило по-маленькому, что ли?

- Ты спал с его невестой, болван,- отозвался Фред, и у гиганта отвисла челюсть, а грубое, словно вытесанное из камня лицо превратилось в маску ужаса и отчаяния.

- А?..- глухо спросил он.- Кто?.. Чего?

- Ладно, ребята, у вас еще будет время это обсудить,- пряча улыбку, сказала Джанет подчеркнуто деловым тоном, чтобы вернуть свидетеля к реальности.- А сейчас, мистер Дэйвис, я буду благодарна вам, если вы ответите на несколько вопросов.

- Его невеста?!- простонал мясник, хватаясь за голову.

- Майк, приди в себя, речь сейчас не об этом,- легонько похлопывая ладонью по столу, Фред наконец завладел вниманием Дэйвиса настолько, что его глаза приобрели почти что осмысленное выражение.

- Да, так почему я здесь? Что случилось?

- Итак, Майк, эту ночь ты провел в квартире мисс Мэйбл Макферсон, верно?

- Верно,- подтвердил мясник, стараясь не смотреть на Фроста, с мрачным видом притулившегося у входа.

- Во сколько ты пришел к ней?

- В десять. Или нет, нет…сейчас скажу…в половине десятого.

Ровно через полчаса, как Фрост заступил в ночное дежурство, пронеслось в мыслях у всех.

- Это была ваша первая ночь?- вылез стажер, и подозреваемый, пугливо косясь в сторону обманутого жениха, еле слышно прошептал:

- Нет, не первая.

- Послушай, Дик, может, тебе лучше уйти и не слышать всего этого?- тихонько спросил Фред, но парень лишь упрямо сжал губы и отрицательно покачал головой.

- Я выдержу.

- Ладно, смотри сам.

- Вы и раньше встречались?- стажер, вдохновленный собственной ролью в расследовании страшного преступления, с молодым задором углубился туда, куда лезть не следовало.

- Да,- понуро ответил мясник, глядя в пол.- Мы с ней уже давно этим занимаемся. Я еще был женат, когда это все началось. Послушай, Дик,- неожиданно вскинулся он.- я, правда, не знал, что ты собираешься жениться на этой девахе. Мэйбл всегда твердила, что для нее свобода превыше всего, что замуж ее не заманишь – ну, в общем, все эти феминистские штучки. Я догадывался, что у нее еще кто-то есть, и если бы в один из вечеров она мне отказала, я бы все понял, и больше не приходил. Но в том-то и дело, что она никогда не отказывала!..

- Врешь!!

Никто и глазом не моргнул, как Фрост, одним прыжком преодолев разделяющее их расстояние, вцепился Дэйвису в горло. Покраснев от натуги, они сплелись в борьбе, и взору шерифа, внезапно заглянувшего посмотреть, как идет допрос, предстала возмутительная картина всеобщей потасовки.

Разняв дерущихся, Сэмюэл выдворил не в меру горячего детектива за дверь, и остался послушать, о чем расскажет мясник.

- Кто может подтвердить, что ты пришел к мисс Макферсон в половину десятого?

- Никто, кроме нее. Мэйбл всегда была очень осторожна, твердила, что ее репутация должна оставаться чистой…теперь-то я понимаю, почему она от всех пряталась.

- После половины десятого ты отлучался на улицу – за пивом, за сигаретами…может, за чем-то еще?

- С этой девахой не нужно ни пива, ни сигарет.

- То есть, ты так никуда и не выходил за весь вечер?

- Верно, никуда…да в чем дело?!- вдруг вспылил он.

- Дело вот в чем,- Фред торжественно выложил на стол зажигалку.- Тебе, конечно, знакома эта вещица?

- Ну Да, это моя зажигалка, подарок Челесты. А что тут противозаконного?

- Сегодня ночью зажигалка была при тебе?

- Да нет, я давно отдал ее племяннику Челесты. Помню, мы с ней здорово поссорились тогда!.. я напился, крутил в руках эту чертову зажигалку, и только хотел зашвырнуть ее в кусты, как постреленок попросил отдать ее ему. Ну, я и отдал. Потом, правда, жалел – вещь дорогая, хорошая… Но к Стенли не пошел. Чего уж там…что сделано, то сделано.

- Назови имя полностью, Майк. Стенли…

- Ну, Стенли Роуд, ему пятнадцать лет, учится еще. А во что он вляпался-то?

Глава двадцать пятая.

… Стен отпирался недолго. Дрожа и плача, он тут же выложил имена всех остальных участников изнасилования.

Спустя час подростки наперебой давали показания, сваливая вину друг на друга. Дело обещало быть громким, газетчики мигом обо всем пронюхали и, потирая руки в предвкушении очередной сенсации, дежурили у входа в полицейское управление.

В коридоре толпились встревоженные, шокированные родители. Это провокация, навет, гнусная ложь , петушились отцы и матери – быть того не может, их дети не замешаны в преступлении!..

Узнали имя жертвы – Джил Райдер – и возмущение достигло пика. Высказывались мнения, что вся эта грязная история подстроена с тем, чтобы отвлечь общественность от дела Тони , что вся семейка Райдер одинакова, что всех их давно пора линчевать… такого всплеска эмоций эти стены еще ни разу не видели. Взбешенные горожане клялись разнести здание на части, если правда в ближайшее время не будет установлена, а их сыновья отпущены на свободу.

Самые настойчивые из них, присутствуя при допросе своих несовершеннолетних чад, коршунами кидались на их защиту, не желая понимать, что мальчишки уже достаточно взрослые, чтобы самим отвечать за свои поступки, не оглядываясь в поисках спасительной спины, за которой удастся отсидеться.

Были немедленно наняты лучшие адвокаты, и весть о том, что подозреваемые дают признательные показания, встречена залпом проклятий. На них явно давят, волновались родители, наших детей заставляют признаваться в чужих грехах! Адвокаты ничего не смогут сделать, полиция продажна, шериф куплен с потрохами!..

Когда одна за другой стали открываться двери, и мальчиков, скованных наручниками, повели в камеры, в коридоре началась настоящая истерика. Ребята и в самом деле не выглядели преступниками – перепуганные, зареанные, старательно прячущие глаза, они походили на шалунов, которым достаточно погрозить пальчиком, чтобы рни все поняли и раскаялись.

Стало известно, что под залог их не выпустят.

Разъяренные родители атаковали шерифа. Усадив всех у себя, он обвел глазами шестерых человек, которым предстояло услышать и проглотить горькую правду. Перед ним сидели не последние в городе люди – дантист Симпсон, отец Кевина, того самого, что ударом по лицу расшатал Джил один из передних зубов; антиквар Мэйсон – его сын Роб изнасиловал девушку в извращенной форме; владелец сети продуктовых магазинов Роуд – похоже, Стенли грозит самый длительный тюремный срок, ведь именно он все это организовал, он и был первым, кто до нее дотронулся.

Перед шерифом сидели его хорошие знакомые, почти друзья, он знал их не один десяток лет, их дети росли у него на глазах, и вот теперь все должно стать с ног на голову из-за того, что вчера вечером дрянные мальчишки выпили слишком много пива.

- Что же ты молчишь, Сэмюэл?- наконец не выдержал кто-то.

- У меня плохие новости,- покачал головой шериф, и миссис Мэйсон тихонько ахнула.

- Похоже, ребята влипли.

- Клевета!- перебил его краснолицый толстяк Роуд. – Сэм, неужели ты веришь этим мерзавкам Райдер? Да они же чокнутые! Дочка крутит хвостом, мамаша на всех углах трубит, что ее сын-маньяк невиннее рождественского ягненка! Уверен, это она настропалила дочку обратиться в полицию, чтобы отомстить всем нам за Тони!.. Может, мой сын и переспал с этой грязнухой Джил, но насиловать?!..

Позже, читая свидетельские показания родителей, Доусон лишь грустно улыбался. Боясь повредить своему драгоценному чаду, каждый из них заявил, что лег спать чуть ли не в восемь вечера, и буквально спустя несколько минут – на часы, правда, никто не смотрел, сын дисциплинированно вернулся домой.

Принесли результаты анализов ДНК – сперма, слюна и частички кожи под ногтями изобличали преступников с поличным. Кроме того, в машине Стена нашли марихуану. суд присяжных ни на минуту не станет сомневаться в вынесении приговора. Опытный адвокат, конечно, сумеет внести некоторый сумбур в их умонастроение, но на исход дела это особенно не повлияет.

Глупые мальчишки сломали себе жизнь, и Сэмюэл отнюдь не радовался, что дело было раскрыто по горячим следам. У него не возникало, разумеется, сомнений в том, что преступники, пусть и пятнадцатилетние, должны понести наказание, а семья Райдер вправе рассчитывать на защиту, и все же, все же...

Глава двадцать шестая.

События этой ночи всколыхнули город не хуже, чем недавние убийства. Столетняя история крохотного Нью-Велли не насчитывала и половины преступлений, свершившихся за последние месяцы.

Горожане вдруг ощутили себя в гуще событий – казалось, проснулся дремавший годами вулкан, и ничего хорошего уже не предвидится. Всюду, где собиралось больше двух человек, шли жаркие обсуждения последних новостей. На телеэкране и страницах газет красовались убитые горем матери, то воздевающие руки к небу, то заламывающие их в тоске.

Удивительное дело, но сочувствие принадлежало вовсе не Джил, а бедным мальчикам, непонятно за что заточенным в тюрьму. Кто знает, появись на людях Стелла, дай и она интервью, кое-кто, возможно, взял бы ее сторону, но миссис Райдер, уйдя в глухую оборону, отсиживалась дома, закрыла ставнями окна и не отвечала на звонки. Приехавшую к ней делегацию убитых горем отцов и матерей она встретила, выйдя на крыльцо с ружьем в руках. Обезумев от счастья, стрекотали камеры.

Миссия прибывших была секретной, но Стелла не пожелала никого к себе подпускать. Пришлось перекрикиваться. Ей предлагали покончить дело миром, не делать из мухи слона, не раздувать шумиху, пожалеть мальчиков – ведь они, в сущности, еще дети. Презрительно усмехаясь, она выслушала этот бред и, ничего не ответив, вернулась в дом, с треском захлопнув за собой дверь. Впечатлительная миссис Симпсон упала в обморок.

Скандал разрастался. Женщины заявили, что не двинутся с места, пока не поговорят с Джил.

Стелла поднялась к дочери. Девочка лежала, скрючившись под одеялом, укутанная в него с головой. На полу валялись таблетки снотворного, высыпавшиеся из банки. Шок был так силен, что лекарство не действовало. Неожиданно Джил согласилась спуститься – если от навязчивого гула за окном можно избавиться только таким способом, она покажется на глаза этим людям.

Страсти достигли наивысшей точки кипения, когда дверь дома вдруг отворилась вновь, и Джил, подобно бесплотной тени, неслышно возникла на пороге.

Все ахнули. Правая сторона ее лица была разбита, губы распухли, шея, изорванная в кровь, залеплена пластырем.

- Джил, девочка,- заворковала мать Робби Мэйсона,- не надо нас бояться…скажи правду, что с тобой произошло?

Джил не ответила. Глаза ее наполнились слезами. На первый план выдвинулась крепкая, плотно сбитая миссис Роуд, и если уста предыдущей леди источали мед, то эта церемониться не собиралась.

- Тебя изнасиловали, так? Но разве ты сама этого не хотела? Разве не напрашивалась, не добивалась этого всеми силами, а?.. Весь город знает, как ты бегала за Стенли, потеряв всякий стыд! И после всего этого, Райдер, у тебя хватает наглости обвинять моего сына бог знает в чем?!

Лицо Джил полыхнуло ненавистью. Секунду- другую ничего не происходило, стояла напряженная тишина, и миссис Роуд набирала в грудь воздух для новой тирады , как вдруг девочка плюнула в свою здоровенную обидчицу, попав той на щеку и подбородок.

- Пусть так,- звенящим от слез голосом сказала Джил, дерзко, с вызовом глядя снизу вверх в ее ошеломленное багровеющее лицо,- пускай, по-вашему, я получила свое. Теперь очередь за вашим сыном. Он тоже свое получит.

Глава двадцать седьмая.

…Телевизионный репортаж вышел на славу, и Рут рвала на себе волосы, что эту тему отдали-таки гусыне. Однако, как она и предполагала, бесталанная Сьюзан не сумела извлечь из собранного материала максимум, ее хватило лишь на весьма посредственный комментарий, в то время как Рут могла бы сотворить чудеса, приковав весь город к экранам телевизоров до глубокой ночи. Сейчас, когда дело Тони застопорилось – нет ни единой новой улики, о которой следовало бы оповестить общественность, Рут могла бы отлично позаниматься скандалом с его сестрицей. Но у Рассела на этот счет были, как говорится, свои планы.

- Вот видишь,- произнес он, растягивая свои тонкие лягушачьи губы в поистине дьявольской усмешке,- а ведь Сьюзан неплохо справляется с работой…вопреки твоим прогнозам.

- Вот уж не сказала бы,- презрительно скривилась Рут.- Вести криминальные новости – совсем не то же самое, что обучать домохозяек печь кукурузные лепешки…второе у нее с горем пополам получается, первое – нет.

- У тебя острый язык,- кивнул Рассел,- однако, есть и другая точка зрения. Думаю, вам со Сьюзан все-таки придется поделить пополам эфирное время.

- Как, опять?!- возмутилась Рут.- Рассел, мы же договорились!

- Договоренности такого рода нужно скреплять заново как можно чаще,- глядя ей в переносицу и тщательно выговаривая каждое слово, проскрипел он.

- Что?!

- Как можно чаще,- повторил Рассел, ухмыльнувшись до ушей – по-видимому, ее реакция его насмешила.

Впрочем, Рут мигом оправилась и снова стала сама собой – холодной, язвительной, злой.

- А что, бедняжка Сью фригидна?- колко бросила она.
- Ни в коем случае.

- Тогда почему же?..

- Да потому, что быстрый секс отличается от супружеского, как …как ты от Сьюзан.

- Значит, ее ты берешь в жены, а я гожусь лишь для быстрого секса?- оскорбилась она.

- Совершенно верно.

- Ну, знаешь!..

- В конце-концов, я тебя ни к чему не принуждаю. Ты всегда можешь отказаться.

- Я откажусь, и ты отдашь Сьюзан лучшие часы?

- Угадала.

- Рассел, это подло. Это низко даже для тебя!

- Снимай трусы,- вместо ответа, скомандовал он.

- Послушай, я так не могу…

- Тогда закрой дверь на ключ.

- Нет, я не об этом.

- А, я понял. Сейчас ты захочешь у меня что-нибудь выторговать.

- Рассел, я должна освещать это дело одна. Только я и никто другой.. Все, что касается Тони и его семейки, понимаешь? Все!

Он оценивающе посмотрел на Рут.

- Ну, не знаю. Разве что ты очень постараешься!

…Облокотившись на стол, Рут подтянула повыше юбку и широко расставила длинные стройные ноги. Пока Рассел возился сзади, она, уронив голову на руки и стиснув зубы, думала о своем. Ничего. Ничего страшного не происходит. Многие вынуждены проходить через это, ради высокой цели стерпишь и не такие муки. Выбившись наверх, она и не вспомнит о каком-то там сморчке из заштатного городка…да что он так долго?..

Глава двадцать восьмая.

- Джил!.. -голос Стеллы звенел от еле сдерживаемой радости, и девочка удивленно подняла голову – в последнее время радость стала редкой гостьей в их доме.

- Джил, мне разрешили увидеться с Тони!

- Ох, мама!..

- Едешь со мной?

- Н-нет…не думаю. Как я взгляну в его глаза?

- Джил, в том, что случилось, нет твоей вины.

- Да. Конечно…

- Хорошо. Я передам ему привет от тебя.

- И от Мадлен.

- Само собой. Ладно. Я еду.

Оставшись в одиночестве, Джил принялась бесцельно бродить по комнатам. Когда-то этот дом был наполнен любовью, шутками и смехом – сюда приходили гости, на лужайке готовилось барбекю, а вечерами, распрощавшись со всеми, Стелла сидела на ковре перед телевизором, обнимая детей за плечи. Казалось, в те времена не было на свете людей счастливее, чем они, и вот все кончилось, кончилось… Мать права, когда говорит, что им нельзя здесь оставаться.

Когда выяснится, какая судьба уготована брату, решится и участь дома. Конечно, с переездом в другое место потеряется какая-то частичка души, порвется ниточка, связывающая прошлое с настоящим, но разве сможет она, Джил, по нескольку раз в день проходить мимо той поляны, где ее изнасиловали?..

Снизу, заглушенный расстоянием, донесся звонок. Джил сморщилась. Ну уж нет, без матери она никому открывать не станет!

На сей раз попался кто-то необычайно настырный. Прижав палец к кнопке звонка, он безостановочно трезвонил в дверь и, по всей видимости, сдаваться не собирался. Помедлив еще минуту, Джил сбежала вниз по лестнице, и, отогнув уголок занавески, выглянула наружу, пытаясь получше рассмотреть незваного гостя.

У двери стоял человек, которого она не знала, но в его лице, осанке, манере встряхивать головой, было что-то до боли знакомое. Жемчужно-серый костюм, явно из дорогой материи, хорошо сшитый, фетровая шляпа с шелковой лентой, кожаные туфли – пришелец был явно не из этого города, у них одеваются куда проще. Словно почувствовав, что его разглядывают исподтишка, мужчина повернул голову, и Джил показалось, что она заглянула в зеркало. Да ведь это Ларри Райдер…ее отец!

Не раздумывая больше, Джил распахнула дверь. Она не представляла, как нужно себя вести в этой ситуации, и если бы он открыл ей объятия, возможно, бросилась бы ему на шею.

- Джиллиан? Ты ведь Джиллиан, верно?- спокойно, без тени волнения, даже немного равнодушно спросил он.

Джил оторопело кивнула.

- Отлично, я так и понял. Войти можно?

Она посторонилась, и Ларри вошел, ведя за собой четырехлетнего застенчивого мальчугана, которого Джил сгоряча не заметила.

- Это Конрад,- пояснил Ларри .- Мой младший сын. Поцелуй его, если хочешь. Все-таки, в какой-то степени вы родня.

Словно сомнамбула, Джил послушно потрепала мальчика по светловолосой кудрявой головенке. Казалось, все происходящее ей снится. Долгие годя мечтала она о встрече с отцом ... и вот пожалуйста, встретилась.

Усадив ребенка на диван, Ларри повесил на спинку кресла свой светлый плащ, сверху придавив его шляпой. Открылась небольшая, с кошачью плошку, лысина, окаймленная неопределенного цвета кудряшками. Джил столбом стояла посреди комнаты. Шагнув к ней, Ларри взял ее голову в свои ладони и запечатлел на лбу холодный поцелуй сухими губами. Как-будто с покойницей прощается, неприязненно подумала она, невольно отстраняясь.

- Ты совсем взрослая, дикарка Джил, - родительский долг был выполнен, и Ларри, аккуратно подтянув брюки, чтобы на коленях не появились пузыри, сел рядом с малышом.

- За пятнадцать лет вырастет кто угодно, - неожиданно резко ответила она.

- Я вижу, твоя мать отлично потрудилась, передав детям самые неприятные свои качества,- лицо его стало уксусно-кислым, губы сложились бантиком.- Ты слишком юна, Джил, чтобы уметь отличать хорошее от дурного, и мой тебе совет – если хочешь преуспеть в этой жизни, научись усмирять гордыню. Люди в целом и мужчины в частности не любят чересчур независимых женщин. Идея феминизма...впрочем, я вижу, тебе это неинтересно. Ты поразительно похожа на мать, исключая, впрочем, внешнее сходство. Итак...где же Стелла?

- Уехала к Тони,- коротко ответила Джил.

- Уехала к Тони,- задумчиво повторил он.- А ты почему не торопишься увидеть брата? У вас плохие отношения?

- У нас отличные отношения,- Джил вдруг стало душно. Этот человек, не зная ничего об их жизни, делает какие-то выводы, подстригает людей под одну гребенку и во всем стремится видеть только плохое.

- Отличные отношения,- скептически протянул он.- Что ж, верится с трудом, но если ты настаиваешь, я готов поверить. Скажи, Джиллиан, могу я рассчитывать на чашку кофе в этом доме? Да и Конрад, я думаю, охотно выпил бы молока. У вас есть молоко?

- У нас есть соки и кока-кола.

- А что, коровы в этом городе уже не доятся? – скривился он.- Сок нужно разбавить водой примерно на четверть. Надеюсь, кипяченая вода здесь не на вес золота?

Ох, ну до чего же противный голос! Молча поднявшись с места, Джил двинулась в сторону кухни. Включив ребенку мультфильмы, Ларри проследовал за ней.

- Если ты позволишь, я сам сварю для себя кофе,- увидев, что она возится с кофеваркой, он даже слегка изменился в лице.- Ты хочешь приготовить для меня бурду того сорта, что подают в придорожных харчевнях? Домашний кофе должен быть сварен с любовью. Вот, смотри…

Джил разглядывала его тонкие белые руки с овальными, чуть отросшими ногтями с чувством тайной, еще не осознанной, зарождающейся брезгливости. Как может кто-то любить этого человека, рожать ему детей, размышляла она. Ладно, допустим, в молодости он, может, и не был таким занудой, но сейчас?..

- У Конрада есть братик или сестренка?- перебив Ларри на полуслове, вдруг спросила она.

- Да. Это мой третий брак. Обжегшись первые два раза, я очень осторожно подходил к вопросу о выборе спутницы жизни. Я нашел свой идеал в Мардж Холидэй, скромной, милой женщине, отнюдь не обремененной поиском смысла жизни и феминистскими бреднями. У нас четверо детей – Холли, Джереми, Дона и Конрад. Хочу тебе сказать, что развод с твоей матерью очень сильно повлиял на меня. Я даже думал, что никогда больше …если ты способна понять, о чем я. Но мне повезло, я встретил Мардж, мы счастливы, а значит – правда за мной, а не за твоей истеричкой-матерью, которая, кстати, так больше никому и не понадобилась. Это ведь что-то да значит, верно?..

- Мама не вышла замуж, потому что боялась, что ей снова попадется кто-то, похожий на тебя,- вырвалось у Джил, но Ларри, священнодействующий у плиты, никак не отреагировал на ее слова.

Вернувшись в комнату, они снова сели друг напротив друга. Наблюдая за тем, как ее папочка смакует свой кофе, Джил внезапно ощутила несказанное облегчение – какое счастье, что этот человек всего лишь гость в их доме! А если бы им пришлось сталкиваться с его занудством на протяжении долгих лет? Ужас!..

- Я удивлен твоей холодностью, - заговорил Ларри, приподнимая одну бровь,- мне казалось, ты начнешь взахлеб рассказывать о своей жизни, попросишь совета…Очевидно, ты из тех, кто оживляется лишь в момент получения чека – таковы современные нравы, таково воспитание.

- Как ты можешь судить обо мне, увидев меня впервые?- враждебно спросила она.

- У меня остались друзья в городе, от них я и узнавал подробности вашей жизни. Никто из вас ведь так и не удосужился написать мне хотя бы коротенькое письмецо. Да-а… и вот результат. Тони в тюрьме. Я не склонен предполагать, что первые два убийства – его рук дело, хотя…кто знает, какие психические расстройства могут гнездиться внутри его души. Думаю, его осудят только за последнюю девушку. Ну а твоя история, дорогая, совсем уж ни в какие ворота не лезет. Зачем тебе понадобилось оговорить этих мальчиков?

- Оговорить?!..- задохнулась Джил.

- Ты хоть понимаешь, что испортила им жизнь? Мистер Роуд – мой давний друг. Как я смогу теперь смотреть в его глаза? Сначала ты бегаешь за его сыном и всячески крутишь хвостом, провоцируя насилие, а потом несешь заявление в полицию, утопая в слезах и размазывая сопли. Я в ужасе, Джиллиан. Я в ужасе от того, что вынужден за тебя краснеть. Мардж схватилась за голову, узнав, что о Стелла вложила в вас с Тони. Конечно, формально вы являетесь моими детьми, но…

- Зачем ты приехал?- дрожа от гнева, вскрикнула она.- оскорблять нас? Порадоваться тому, что в нашей жизни все пошло наперекосяк?!

- Я приехал затем, чтобы попытаться спасти то, что еще можно спасти. А именно – тебя, Джиллиан.

- Вот как?..

- Да. Я поговорил с Мардж – это святая женщина, ты ее полюбишь- и она сразу согласилась, что тебе нельзя здесь оставаться. Тони ждет тюрьма на долгие годы, что будет с ним дальше – неизвестно. А что ждет тебя? Наркотики, нищенство, проституция? Мы с Мардж решили забрать тебя с собой. Я оплачу тебе хорошую школу, ты будешь жить в пансионе среди приличных девочек, станешь учиться, немного пооттешешься…возможно, хорошие стороны твоей натуры возьмут верх над отрицательными качествами, и ты станешь-таки человеком. Твой брат потерян для общества, ты – пока нет. Решай, выбирай, думай, что для тебя лучше – катиться и дальше по наклонной плоскости или своими руками строить себе лучшее будущее. В чем дело?

Откинув голову назад, Джил расхохоталась. Да у него не все дома, у ее папочки!

- Возможно, сейчас мое предложение кажется тебе попросту смешным,- оскорбился он,- но знай, что я намерен спасти тебя даже вопреки твоей воле. Чем раньше ты смиришься с этой мыслью, Джиллиан, тем лучше для тебя. Заявление о перемене опекунства уже готово, так что очень скоро мы с твоей матерью встретимся в суде. Наставить тебя на путь истины – мой христианский долг, и будь уверена, я его выполню!

Глава двадцать девятая.

Торопясь увидеть Тони, Стелла при ехала за час до назначенного времени. Чтобы хоть чем-то себя занять, она поднялась к Джанет Доусон – узнать, как продвигается его дело, и та с места в карьер огорошила ее сообщением, что следствие закончено, остается ждать суда. Именно поэтому разрешены свидания - теперь уже никто извне не сможет помешать ведению дознания.

При слове «суд» Стеллу словно окатила волна дурных предчувствий – она-то надеялась, что все разъяснится раньше, и дело до суда не дойдет. Страшно подумать, что отныне судьба ее дорогого мальчика вручается каким-то абсолютно посторонним, чужим, равнодушным людям. Как же им объяснить, что Тони ни в чем не виноват? Что за вердикт они вынесут?

- Что ему грозит?- язык плохо слушался ее, ворочался в пересохшем рту, цепляясь за зубы, и голос вышел незнакомым, охрипшим, грубоватым.

- Это зависит от того, сколько эпизодов удастся доказать,- коротко и почти виновато отозвалась Джанет.

Стелла затравленно взглянула на нее.

- То есть, как?.. Ему инкриминируют все три смерти?

- Да. Там, конечно, много неясностей... вернее, там неясно абсолютно все. Хороший адвокат сумеет на этом сыграть. Вы ведь наняли опытного адвоката?

-Да... только теперь ему придется вести два дела.

- Верно. Я сожалею. Как Джил?

- Вроде неплохо, хотя...приехать сюда она не решилась. Стесняется перед братом за то, что с ней произошло.

- Психологу бы ее показать.

- Покажу...со временем. После суда. Вернее, двух судов. Потом и ей и мне понадобится помощь специалиста.

Джанет поежилась , украдкой глянула на Стеллу. Перед ней сидела усталая, изможденная, измученная женщина – где ее царственная осанка, гордая посадка головы? Ничего не осталось. Да это и неудивительно...

В назначенное время Стелла нервно прохаживалась по небольшой комнате, разделенной надвое стеклянной перегородкой. Увидеть сына она сможет, но обнять...

Звякнул замок, скрипнула дверь, и на пороге появился Тони. После секундной заминки мать и сын одновременно бросились к разделявшему их стеклу.

- Мама! Мама!- безостановочно твердил ее несчастный мальчик.

За этот месяц оба изменились до неузнаваемости. Тони с грустью отметил, что мать постарела сразу на десять лет, а Стелла вдруг поняла, что сын стал совсем взрослым – вон, даже седая прядь на виске...

- Как вы без меня? Как Джил? Я слышал новости,- кулаки его сжались, глаза сузились.

- Ничего, Тони. Уже ничего.

- Надеюсь, подонки получат по заслугам. Эх, поговорил бы я с ними, не случись со мной эта глупость!

- Тони, милый, я верю в тебя, и ничуть не сомневаюсь, что ты невиновен!

- Я знаю, мамочка, и это помогает мне держаться, честное слово. Послушай…

Сейчас он спросит про Рут, безошибочно угадала Стелла.

- Ты видела Рут?

- Разумеется. Я вижу ее каждый день по телевизору.

- Вы по-прежнему не общаетесь?

- А когда мы общались?

- Говорят, несчастье объединяет даже очень разных людей.

- Тони, дорогой, это не тот случай. Рут сочиняет пасквили, очерняющие тебя и всех нас… Она отреклась от тебя, пойми! Теперь ты для нее всего лишь занимательный сюжет, рассказывая о котором, можно сделать себе имя!

- Уверяю тебя. Мамочка, ты ошибаешься!

- Да нет, Тони, ошибаешься как раз ты.

-Мама … Я должен обязательно ее увидеть. Обязательно, понимаешь? Прошу тебя, пожалуйста. Сходи к ней, поговори по-хорошему, попроси придти сюда. Я должен глянуть на нее хотя бы одним глазком!..

- Тони!..

- Мама. Сделай это, если ты меня любишь. Когда меня законопатят в тюрьму за убийства, которых я не совершал – к этому все идет, мне не выбраться, я потеряю Рут навсегда…а ведь мне нужно еще так много сказать ей!

- Тони, милый, поверь мне, на свете есть множество куда более достойных девушек. Например…

- Да, я знаю, но Рут – только одна. Так ты поговоришь с ней, обещаешь?

На стене зажглась красная лампочка, и у Стеллы заныло сердце. Пора прощаться, но разве сможет она по своей воле расстаться с сыном?..

- Мне надо идти. Я не могу нарушить правила.

- Тони…

- Я люблю тебя, мамочка. Тебя и Джил. А еще я люблю Рут. Пожалуйста, сделай, как я прошу. Пожалуйста…

Миг, и Тони исчез. Тюрьма поглотила его снова. Десять минут, отпущенные им судьбой и тюремным начальством, пролетели как сон … и о чем же они разговаривали? Об этой мерзавке Рут – Тони буквально одержим ею!

- Когда я смогу вновь увидеться с сыном? – спросила она у девушки, заведовавшей пропусками.

- Через день, если это не выходной.

- Могу я заказать пропуск еще на одного человека?

- Это его сестра? Она может придти вместе с вами, миссис Райдер.

- Нет, это его невеста. Мадлен Ротт, пожалуйста.

Девушка удивленно стрельнула глазками. Ну да, в этом городе всем точно известно, у кого с кем роман!.. Какая еще Мадлен, прочла Стелла на ее лице.

- Имя его невесты… Мадлен Ротт?- переспросила она, не вполне доверяя собственным ушам.

- Вот именно,- сурово подтвердила Стелла.

Забрав пропуска, она направилась у выходу, и у самых дверей столкнулась с семейством Мэйсонов – они в полном составе явились проведать Робби. Она прошла мимо них, как сквозь строй, полосуемая обжигающими взглядами.

- Приходила посекретничать с убийцей?- саркастически бросила Эмма.

Когда-то давно, еще в прошлой жизни, они со Стеллой поддерживали приятельские отношения…Боже, Боже, да было ли это когда-нибудь?

- Идешь ободрить насильника?- не осталась в долгу та.

- Поразительная наглость!.. Твой сын – убийца, дочь – дешевая подстилка, а ты неизвестно чем гордишься!

- Убийца Тони или нет – это еще не доказано, тогда как вина твоего сына не подлежит сомнению. Что касается Джил… в твоей семье ведь тоже растут две девочки?.. Так вот, я желаю им никогда- слышишь, никогда!- не пережить подобного ужаса. Теперь о Робби… ему повезло, что мы не живем на Востоке, где за подобные шалости сначала отрезали яйца, а потом голову. Всего хорошего!

Стелла вела машину, не оглядываясь по сторонам. Упорно глядя перед собой, она обдумывала, как же ей следует поступить. Идти к Рут во второй раз? Это немыслимо. Да инее хотелось ей способствовать примирению сына с этой мерзавкой. Тони должен перетерпеть, перестрадать какое-то время, потом он поймет, сам поймет. Еще и спасибо скажет!..

Вот если бы Мадлен смогла поддержать его в эти нелегкие минуты – возможно, его сердце дрогнет, видя такую самоотверженность, и он посмотрит на девушку чуть ласковее? Никто из местных девиц не заслуживает его любви так, как эта хрупкая девочка с огромными серыми глазищами.

Ах, если бы Тони перестал мечтать о несбыточном и спустился на землю! Надо бы помочь ему, но как это сделать? Подловить Рут с другим мужчиной? Нет, ее измена только разобьет ему сердце, и Тони надолго потеряет доверие к противоположному полу.

Да, как бы ей, Стелле, это не претило, нужно организовать сыну встречу с Рут в тюрьме. Пусть эта эгоистка сама скажет ему все, что думает и чувствует – жестокое, но верное средство. Ее слова нанесут Тони рану, это несомненно, но он сможет увидеть воочию, что нелюбим, а увидев, перестанет гоняться за миражами.

Она вдруг приняла решение сейчас же, немедленно ехать к Рут. Чем скорее ситуация разрешится, тем лучше будет для всех. Интересно, где может быть Рут, дома или в студии?..
Решительно свернув вправо, Стелла поехала на студию. Ей повезло, она натолкнулась на Рут прямо у входа.

Стоя в гордом одиночестве спиной к подъездной дорожке, репортерша разговаривала с кем-то по сотовому телефону, и Стелла, неслышно приблизившись, уловила конец разговора.

- Отлично, доктор Фишер. Пятнадцатого в три я буду у вас.

Оглянувшись через плечо, она заметила Стеллу, стоявшую в двух шагах за спиной, и смертельная бледность вдруг залила ее лоб и щеки.

- Что вам тут надо? Какого черта вы вечно лезете в мои дела? Что вы успели услышать?

- Практически ничего. Что-то о встрече пятнадцатого в три если не ошибаюсь.

- Я звонила своему дантисту …и я не терплю когда подслушивают мои разговоры!- вскипела репортерша.

Стелла сделала примирительный жест.

- Ладно, ладно, я тут не за этим. Я только что от Тони…

- Опять!!- Рут даже ногой топнула, до того ей опротивело обсуждать эту тему.

- Он просит тебя повидаться с ним … в последний раз,- сдерживаясь изо всех сил, сказала Стелла.

- Послушайте, миссис Райдер, у нас с Тони все кончено. И это не из-за того, что он арестован. Вовсе нет! Но он изменил мне, понимаете, яа я не из тех женщин, что прощают измену. Да вы и сами в свое время… Он предпочел мне эту корову Дэйвис, эту шлюху, эту дешевку! И он до сих пор надеется, что я его прощу? Да ни за что!..

Помолчав, рут вдруг остро взглянула Стелле в лицо.

- Объясните ему ситуацию на собственном примере. Вы- то выгнали мужа, не вдаваясь в долгие переживания…так почему же теперь вы требуете от меня верности вашему сыну?

- Что ты несешь?! Я вовсе не требую от тебя верности Тони, упаси, Господи! Еще не хватало! Я лишь прошу, чтобы ты просто сходила к нему и сама, понимаешь, сама высказала все напрямую, не стесняясь в выражениях! Пока ты дуешься и отмалчиваешься, у него сохраняется надежда, что можно еще что-то исправить, но если он услышит твой четкий и недвусмысленный отказ, он поймет, что незачем биться лбом об стену. Сходи к нему, Рут. Я … очень тебя прошу.

Рут задумалась. Увидеть Тони – значило подставить себя под удар, об их свидании тут же станет известно. Люди подумают, что она двурушничает, что репортажи ее неискренни, пафос фальшив и все…прощайте, мечты вырваться в настоящую жизнь!

- Все, что я могу для вас сделать, это написать Тони записку,- решилась наконец она.- И пусть это будет последняя просьба, с которой вы ко мне обращаетесь!

- Хорошо,- устало согласилась Стелла.- Черт с тобой, пиши записку.

Вырвав листок бумаги из блокнота, Рут торопливым размашистым почерком набросала несколько слов, затем, словно боясь передумать, сунула его в ладонь Стелы, развернулась на каблуках и быстро ушла.

Женщина развернула записку и поднесла ее к глазам.

«Между нами все кончено, у меня другой мужчина, я беременна и собираюсь замуж, никаких свиданий не будет, отвяжись!». Подписи не было. Ладно. Попробуем вылечить Тони таким варварским способом. Кто знает, может быть, и получится?..

Свернув на лесную дорогу, ведущую к дому, Стелла едва не наехала на Джил, отчаянно машущую руками. Одна, посреди дороги, с бледным, перепуганным личиком и прыгающими губами... что там еще случилось за время ее отсутствия? Спалили дом? Отравили воду?..

- Мама, мама, он хочет забрать меня в какую-то дурацкую школу для плохо воспитанных детей,- рыдая, выговорила Джил, и Стелле ее слова показались жуткой абракадаброй.

- Кто? Куда? Что случилось?..

- Ларри!.. Приехал Ларри...наш отец!

- Эт-того только мне не хватало!.. Ладно, садись в машину и прекрати резеть. Уж с Ларри мы как-нибудь разберемся,- мрачно пообещала Стелла, трогаясь с места, и Джил, тихонько всхлипывая, благодарно припала горячим лбом к ее плечу.

Глава тридцатая.

В последнее время дом семьи Райдер стал напоминать осажденную крепость. Стелла встречалась с адвокатом – близились оба суда, к тому же ей и самой придется вскоре отстаивать свои права на воспитание дочери – Ларри, как оказалось, всерьез вознамерился отобрать у нее Джил.

Угроза была нешуточной, аргументы – весомыми. Бывший муж напирал на то, что Стелла оказалась некудышной матерью, у которой старший сын практически уже осужден за убийство, а девочка вот-вот пойдет по кривой дорожке. Она уже и так бросила школу!..

Ларри производил впечатление респектабельного, рассудительного человека, главы семьи, отца четверых послушных, примерных детишек. К тому же, даже такая завзятая лгунья как Стелла, не сможет отрицать, что все эти годы ее дети получали от него открытки к праздникам и денежные переводы...ответа с их стороны, кстати, никогда не было. Разве уже одно это не является признаком злой воли их матери?..

Ларри перевез в Нью-Вэлли свою семью, снял дом, и тихоня Мардж тут же подружилась со всеми окрестными сплетницами. Многие горожане были на стороне Ларри – как же, парень озабочен судьбой своей дочери, его можно понять, а то, что Джил, в случае его победы, предстоит переселиться в приют, никого не смущало – такую испорченную девчонку только безумец может подпустить к остальным детям. Даже нежелание Джил видеться с отцом истолковывали в его пользу – одни считали, что девочка запугана Стелой, другие – что у нее самой отвратительный характер, и все умилялись готовности Ларри взвалить на себя эту обузу.

Тони папаша видеть не пожелал.

Стелла встречалась с этими людьми в здании суда – Ларри держался холодно и отчужденно, был подчеркнуто корректен и сух. Мардж, пытавшаяся во всем подражать мужу, время от времени не выдерживала и бросала на свою предшественницу жадные и любопытные взгляды.

Было видно, что эта женщина находилась полностью во власти Ларри – подобострастие сквозило в каждом ее жесте, кивала ли она, поддакивала или преданно ловила любое его замечание.

Стелла терпеть не могла подобных клуш, хотя и признавала, что из всех женщин, которые когда-то попадались Ларри, он сумел-таки выбрать подходящий вариант. Мардж бесцветна, глупа, некрасива, живет кухонными интересами – зато каким важным и значительным должен казаться сам себе Ларри рядом с ней! Джил ее, конечно, интересует, как прошлогодняя листва, но противоречить Ларри Мардж не станет, так что рассчитывать на ее поддержку бесполезно и недальновидно. Принес же их черт!..

Три раза в неделю Стелла ездила повидаться с Тони. С тех пор, как она передала ему записку от Рут, глаза его потухли. Теперь, когда бы она не пришла, он был вялым, словно кто-то выдернул стержень, на котором все до поры до времени держалось.

Визиты Мадлен, казалось, только раздражали его. В первый раз, не зная, кто должен придти, он ждал с нетерпением, но, увидев вместо райской птицы серенького воробушка, сразу скис и даже не попытался этого скрыть. Ободряющие слова Мадлен оставили его холодным и безучастным, слезы – равнодушным, вспышка гнева – взбешенным.

- Я не люблю тебя, Мадлен. Не люб-лю, тебе ясно? Не люблю и никогда не любил. Ты только не сердись и не реви, ладно? Ты неплохая девчонка, и все такое прочее, но это не то, что мне надо. Не то, понимаешь?..

- А Рут – то?..- сквозь слезы спросила отвергнутая девушка.

- Рут?- переспросил он , потом надолго задумался, а когда поднял голову , Мадлен увидела, каким светлым стал его взгляд.

Подскочив к стеклу, она что было сил съездила по нему кулаком.

Тони вздрогнул и очнулся.

- Я готова возненавидеть тебя , Тони Райдер! Я уже тебя ненавижу! Ты растоптал мою душу, отказался от моей любви, перечеркнул мою жизнь , и ты за это ответишь!..

- Да ладно, брось. Хотя …обвинять меня – твое право. Самое интересное, Мадлен, что мы с тобой в одинаковом положении – оба влюблены, и влюблены безответно.

- А хочешь …хочешь я докажу, как сильна моя любовь к тебе? Ведь Рут, ну что Рут…она тебя бросила, ты ей не нужен, а мне… мне нужен, как воздух. Хочешь, я признаюсь в этих убийствах, возьму все не себя? Хочешь?..

- Зачем, что за глупости? Да и кто тебе поверит, вздумай ты это сделать? Нет, Мадлен, не хочу я таких жертв. И знаешь…не приходи больше. Мне трудно с тобой общаться. Ты все время ждешь от меня чего-то такого, что я дать тебе не в состоянии!..

- Тони, пожалуйста…- испугалась она, и губы ее запрыгали.

- Послушай, Мадлен, моя жизнь и так не течет молоком и медом!- взорвался он, ударив сжатыми кулаками по коленям.- Я сижу здесь, в этой крысиной норе, отдуваюсь за чужие грехи, неизвестно за что!.. Пойми, я не могу, я не хочу оправдываться еще и перед тобой! Оставь меня в покое!

Увидеться с Мадлен во второй раз он категорически отказался. Стелла огорчилась, узнав об этом. Скоро суд, и если бы Мадлен удалось переключить внимание Тони на себя, то ему легче было бы перенести предстоящую экзекуцию …но нет, все ее потуги оказались напрасными, и теперь ее мальчику будет казаться, что весь мир ополчился против него. Оставалось одно – развенчать Рут окончательно, заставить Тони презирать ее …но как это сделать? Как?..

Была одна маленькая зацепка. Доктор Фишер…Помнится, Рут назвала его дантистом, но в Нью-Вэлли никогда не было дантиста с таким именем, а ездить лечить зубы в другой город было бы непомерным расточительством и времени, и денег.

Порывшись в справочнике, Стелла нашла Грегори Фишера, гинеколога-акушера из соседнего городка. Вот это уже было ближе к истине, особенно, если вспомнить тесты, определяющие беременность, валявшиеся у Рут по всей квартире.

Итак, Рут намерена сделать аборт. Ребенок, несомненно, от Тони. Если бы она спала с кем-то после его ареста, чужое семя проросло бы значительно позже. Все сходится.

Так значит, пятнадцатого, в три…

Глава тридцать первая.

Бандит, персидский котище, принадлежавший Рут и являвшийся предметом ее гордости, пропал два дня назад. Хозяйка обеспокоилась. Не в его привычках было ночевать на улице – ленивый, толстый, вальяжный кот всегда возвращался домой после непродолжительных своих прогулок, предпочитая свободе уютную корзинку и доверху наполненную кормом мисочку.

Рут волновалась за него, ходила разыскивать, но кот как в воду канул. Дом словно осиротел. Рут не хватало пушистого кошачьего тепла под боком, она стала плохо спать и по несколько раз за ночь выходила на балкон в надежде, что беглец наконец объявится. Что будет, если Бандит не вернется, ей даже думать не хотелось.

На третье утро, выходя из дома, она чуть не споткнулась об него на пороге. Вернулся! А похудел-то как!

Сначала она ничего не поняла, и лишь подхватив кота на руки, с ужасом обнаружила, что держит пустую шкурку. Кто-то, подманив доверчивого зверя, убил его и выпотрошил, чтобы подбросить зловещий трофей к ее двери – кто-то жестокий, циничный, переполненный ненавистью… она почему-то сразу подумала о Стелле. Неужели, это она?.. Да нет, не может быть! А если?..

Потом мысли потекли по другому руслу, и вот тут-то ей стало по-настоящему страшно, так страшно, что по спине пролился ручеек холодного пота. Кому, как не ей, знать, что настоящий убийца ходит по городу, как ни в чем не бывало! Позвольте, позвольте… да ведь у тех девушек, убитых первыми, домашние животные тоже были найдены растерзанными, она сама упоминала об этом в своих репортажах! Так что ж это получается? Первый звоночек?!..

У Рут пересохло в горле. Та-ак… нужно немедленно обратиться в полицию – пускай дадут охрану, выставят круглосуточный пост у ее дверей, сделают хоть что-нибудь, чтобы ее обезопасить.

Далее… далее, каким образом были убиты Дона и Эрика? Обеих нашли в машине с перерезанным горлом, а эту толстозадую дуру Челесту – на груде ящиков со спущенными трусами…короче говоря, их всех нашли вне дома, а значит – дом более безопасен, чем улица или, скажем, машина.

Так. Что она может сделать? Не задерживаться нигде допоздна – раз. Не сажать в машину никого из посторонних – два. Знакомых, впрочем, тоже следует опасаться. Не напиваться в одиночку – три. Потянет на подвиги, и все, пиши пропало. Дона в момент убийства была пьяна, Эрика и Челеста – сильно навеселе. Когда человек в таком состоянии, у него притупляется реакция, он может и не сообразить, что против него замышляется что-то страшное. Но кто же он, этот неуловимый убийца? Кто он?..

Как бы там ни было, ей осталось продержаться два дня. Пятнадцатого она ляжет в клинику, 16-ого вернется домой, 21-ого – предварительные слушания по делу Тони, 25-ого – долгожданный суд, а там она заберет кассеты и скроется, и пусть убийца, кем бы он ни был, кусает себе локти!..

В полиции не придали особого значения ее сообщению, остолопы. Увы, ответили ей, домашних животных иногда убивают, но это не значит, что следом обязательно должны отправляться их хозяева. Мисс Диксон пора признаться себе самой, что в городе ее недолюбливают, считая выскочкой … какие, кстати, у вас отношения с соседями? Натянутые, вот как?.. Тогда чему же вы удивляетесь? К тому же, волноваться вам абсолютно не из-за чего – убийца пойман и сидит за решеткой, дожидаясь суда. Осталось лишь установить степень его вины, и угроза будет навсегда отведена от нашего города. А вы, мисс Диксон, постарайтесь в дальнейшем не конфликтовать с соседями…охрана, какая охрана? Да бросьте, вы, наверное, шутите!..

Рут хотелось кричать и биться головой об стену. Эти идиоты признают ее опасения обоснованными не раньше, чем найдут ее труп, и самое ужасное, что она сама, собственными руками помогает убийце затягивать петлю на своей шее. Если бы ее не терзала глупая ревность, вкупе со злобой и желанием отомстить, разве стала бы она оговаривать Тони? Время, потерянное полицией на бессмысленные допросы, усилия, затраченные на установление несуществующей вины – все это могло быть брошено на поиски настоящего убийцы…вполне возможно, что он был бы уже найден, и ей не грозила смертельная опасность. Эх, да что уж теперь!.. Ей осталось потерпеть какие-то две недели, которые она проведет дома, запираясь на все замки, а потом – здравствуй, новая жизнь!

В офисе, куда легкомысленная секретарша запаздывала вернуться с ланча, Рут приняла факс, содержание которого заставило ее побледнеть от нахлынувших чувств. Одна из нью-йоркских студий – Нью-Йорк, город-мечта!- заказывала Расселу фильм о происходящих в городе событиях. Но ведь это ее идея, а не Рассела, и фильм монтировать собиралась тоже она… Это она кропотливо собирала факты, дневала и ночевала в полиции, стремясь узнать все первой …и если кто-то осмелится отодвинуть ее в сторону для того, чтобы воспользоваться всеми этими материалами и снять документальный фильм с томной блондинкой Сьюзан в качестве ведущей, то…то…

А ведь Рассел предпочтет снимать именно Сьюзан, с тоской и злобой подумала она. Неспешное повествование на фоне красивых пейзажей – как раз ее жанр, ее конек. Рут со своей горячностью, своей пылкостью хороша лишь для сиюминутных новостей…Сьюзан обскачет ее, как пить дать! Что же делать? Если она уничтожит факс – придет другой, и все дельце сладится без ее ведома. Нет, этого нельзя допустить, этого не будет! Нужно поговорить с Расселом и все выяснить. Сегодня, сейчас!..

Она вломилась в кабинет босса, не потрудившись постучаться и, размахивая листком бумаги, как танк двинулась к его столу. Глазам ее представилась идиллическая картина – Сьюзан, сидевшая у Рассела на острых, тощих коленках, и слившаяся с ним в глубоком страстном поцелуе…не может быть, что она и в самом деле влюблена в этого хмыря, сейчас же решила Рут, наверняка у нее свои планы, и первый из них – конечно, карьера.

- В чем дело, мисс Диксон?- недовольно спросил Рассел, выглядывая из-за копны спутанных обесцвеченных кудряшек – Сьюзан, как истинная скромница, застигнутая на горячем, предпочла тактику страуса, и уткнулась пылающим от смущения лицом в плечо своему слизняку. Беспроигрышный ход!

Официальный тон босса означал одно – не переходи границ, милая, иначе все будет плохо.

- У меня срочное дело,- столь же официально ответила Рут.

- Неужели нельзя было дождаться конца перерыва?- грозно вопросил он.- вернитесь в приемную и ждите, вас позовут!..

Хмыкнув, Рут неспешно удалилась. Спустя несколько минут Сьюзан выпорхнула из кабинета и , стуча каблучками, миновала Рут, так и не посмотрев той в глаза. Изображаешь из себя школьницу-недотрогу, насмешливо подумала Рут, невинность и наивность в одном флаконе? Ну-ну!..

- Какого черта ты вламываешься ко мне в неурочное время?- рявкнул Рассел, едва она шагнула через порог,- что за бесцеремонность?!

- Закрываться надо,- огрызнулась она, в подтверждение своих слов поворачивая ключ в замке,- ну папочка, ну не сердись!..

Рут собиралась целомудренно чмокнуть его в щеку и этим ограничиться, но у Рассела было на этот счет иное мнение. Вместо ответа он опрокинул ее на свой стол, прямо на бумаги, в мгновение ока задрал юбку – Рут даже опомниться не успела, как его член, нетерпеливый и вздрагивающий, резко и глубоко вонзился между ее ягодицами. Охнув от неожиданности, Рут попыталась высвободиться, но цепкие пальцы Рассела лишь крепче впились в ее далеко отставленный зад. Ожидаемой боли не было – воробьиный член босса не мог бы причинить и мало- мальской боли, но что-то неприятно саднило и ныло внутри нее.

- Пусти,- прохрипела Рут, но он и не думал отпускать ее.

Такого унизительного секса, как сегодня, ей еще никогда не приходилось иметь. Однажды, правда, Тони был удостоен высокой чести зайти внутрь не с того конца. Но этому предшествовали долгие просьбы и уговоры … а недомерок Рассел взял, что хотел, ни о чем не спрашивая!..
- Тихо, тихо…Карен услышит, - убыстряя темп, пробормотал он, и Рут по звуку голоса определила, что ей недолго осталось терпеть этот кошмар.

- Хорошая у тебя задница,- похвалил он, когда все кончилось.- Ну вот, детка, считай, ты искупила свою вину. Смотри же, не забудь постучаться в следующий раз. Так что ты хотела?

- Рассел, ты свинья,- пробормотала Рут, с трудом распрямляясь. Казалось , она не сможет ступить ни шагу – боже мой, да он обошелся с ней, как с резиновой куклой!

- Все мужчины таковы,- посмеиваясь, отозвался он.

Рут видела, что ее бессильный гнев столь же тешит его самолюбие, сколь недавно ее тело тешило его сладострастие.

Ты-то к ним каким боком относишься, висел дерзкий вопрос на кончике ее языка, но Рут благоразумнее решила промолчать. Конфликтовать с ним сейчас – настоящее безумие… ладно, пусть этот саблезубый кролик до поры до времени думает, что ему удалось запугать всех вокруг своими вставными челюстями.

- Я хочу, чтобы этот фильм поручили мне,- не вдаваясь в пространные объяснения, она протянула Расселу смятую бумагу.

Он прочитал текст. Поднял брови домиком.

- Откуда у тебя это?

- Приняла факс, пока Карен дожевывала свой гамбургер.

- Ага, понятно…так что же ты хочешь?

- Я хочу, чтобы этот фильм поручили мне,- твердо повторила она.

- Рут, а ведь ты на меня наезжаешь,- прищурился Рассел.

- Разве мы не договорились обо всем?- тон ее стал ледяным, глаза превратились в щелочки.

- Договорились.

- Ну?.. И в чем же дело?

- А в чем дело?

- Рассел, я должна снять этот фильм, ты слышишь? Это моя тема, мои репортажи, мой материал!..

- Послушай, дорогая, может быть, ты сядешь в мое кресло? Я вижу, энергии у тебя предостаточно.

- Я не претендую на твое кресло.

- А если не претендуешь, позволь мне расставлять людей, как я считаю нужным,- отрубил он с каменным лицом.

- Думаешь, Сьюзан справится?

- А почему нет? Это будет справедливо.

- Я сделала за нее всю черновую работу, и это, по-твоему, справедливо?!

- Успокойся, Рут, еще ничего не решено. Я должен подумать.

- Подумай, Рассел. Я бы на твоем месте трижды подумала!

- О чем это ты?

- Вряд ли работа послужит для милашки Сью достаточным утешением после разрыва с тобой.

- Какого разрыва? Почему?.. Что ты хочешь сказать?

- Рассел, клянусь, если я не получу того, что принадлежит мне по праву, я расскажу Сьюзан о наших с тобой шашнях. Посмотрим, надолго ли она останется с тобой, если я раззвоню о нас по всему городу. Тебе придется иметь дело с ее братьями, а это здоровые ребята, и в каждом кармане у них по гаечному ключу!..

- Ты этого не сделаешь. Нет, не сделаешь. Это блеф! Зачем тебе такая слава? На тебя станут показывать пальцами...

- Мне наплевать, Рассел, потому что я не собираюсь здесь оставаться. Меня ждут большие города, и если ты не зажжешь мне зеленый свет, я испорчу тебе и жизнь. И карьеру.

- Выложила карты на стол, так?

- Совершенно верно.

- И ты, мерзкая шантажистка, всерьез думаешь...

- Ты снова ошибся, дорогуша. Я не мерзкая шантажистка, а классный репортер, и этот фильм станет для меня пропуском в другую жизнь...туда, где нет ни тебя, ни этой гусыни Сьюзан.

- Рут, ты понимаешь, что затеяла опасную игру?

- Главное, чтобы ты это понимал,- отчетливо выговорила она.

- А что, если я тебя уволю? Выкину на улицу, как не справившуюся со своими обязанностями?

- Тогда я подам на тебя в суд что-что, но обязанности свои я выполняю. Итак, босс, можно считать, что мы договорились?

- Учти, что я воспользуюсь первой же возможностью, чтобы избавиться от тебя!

- Само собой, но…я постараюсь не допускать оплошностей. И…советую тебе поторопиться. У тебя осталось не больше месяца. Чтобы здесь на задерживаться, я уже сейчас начну подготавливать основные тезисы для моего будущего фильма. Адьос, мучачос!

После вечернего эфира она вернулась домой, сложила то, что осталось от Бандита, в коробочку, и похоронила неподалеку от своего дома. Кот был единственным настоящим ее другом, и Рут обливалась слезами, прощаясь с ним. Ох, попадись ей сейчас тот, кто это сделал, и она в два приема оторвала бы ему голову! Вряд ли кота убили соседи – во-всяком случае, старушка миссис Грэм, божий одуванчик, на это не способна, да и молодая мамаша Мелани Стар тоже – ей просто некогда вспарывать животы чужим кошкам, у нее двое карапузов-близнецов, за которыми нужен глаз да глаз… нет, это кто-то другой. Тот, кто улыбается ей при встрече, ничем не проявляя своей ненависти…кто дружелюбен и приветлив …но кто же, кто, кто, кто?!

Поднявшись в квартиру, она села за стол, положила перед собой лист бумаги и задумалась. Ну, и с чего начать? С панорамы тихого, спокойного городка, за чинно-благообразной внешностью которого скрываются попахивающие кровью делишки да, это будет правильно.

В дверь негромко, но настойчиво постучали. Подкравшись на цыпочках, Рут глянула в глазок. Мальчик-посыльный, на вид лет четырнадцати. Да это же Айк Крамер, сын булочника!

Посмеиваясь над своей подозрительностью, Рут открыла дверь, не забыв, однако, взять ее на цепочку.

- Букет, который вы заказывали,- широко улыбнулся мальчишка, протягивая ей огромный пук белых роз, весь перевитый черными бархатными лентами.- Тридцать пять долларов.

- Ничего не понимаю,- замотала головой Рут, отступая на шаг вглубь своей квартиры.- Это какая-то ошибка, я не заказывала цветов!

Теперь растерялся посыльный. Сверившись с адресом, написанным на фирменном бланке заказа, он протянул бумажку клиентке.

Все сходится – ее адрес, номер ее телефона, время заказа …но позвольте, в это время она как была в эфире, и никак не могла заказать этот идиотский кладбищенский букет…стоп! Что-то написано на ленточке, но что – она никак не могла разглядеть – буквы, как живые, прыгали перед глазами. «Дорогому коту от безутешной мамочки». Она отшвырнула букет, словно он жег ей руки.

- А деньги? Как же деньги?- пролепетал мальчик.

Заплатив ему, Рут хотела сразу же рвануть в полицию, взяв злополучный букет с собой, но, посмотрев на сгустившуюся за окном темень, отложила поездку на завтра.

Она прошла по квартире, завешивая окна поплотнее – по коже бегали мурашки при одной мысли, что с улицы за ней наблюдают чьи-то безжалостные глаза, затем проверила дверь, подергала цепочку, держится ли.

Постояла, прислушиваясь к тишине – кажется ей , или нет, что кто-то еле слышно дышит по ту сторону двери? Боже, какая глупость!.. Разумеется, там никого нет. Несмотря на такую уверенность, она отошла от входной двери на цыпочках. Тут не заметишь, как разовьется мания преследования, и тебя упрячут в тихую, чудную, обитую войлоком палату!..

Спустя час она легла спать, но заснуть не смогла, как ни старалась, часов до трех – прислушивалась к звукам, доносящимся с улицы, из коридора, из-за стен…кровь шумела в ушах, и ей постоянно чудились чьи-то шаги – то совсем рядом, то в отдалении. Может быть, стоит позвонить в полицию и покаяться во всем? Никто не поверит, подумают, что она сошла с ума…а ведь она и вправду недалека от этого!

Глава тридцать вторая.

15-ого сентября Стелла была наготове с самого утра. Доктор Фишер ждет у себя мисс Диксон в три часа дня, отсюда до его клиники часа полтора езды, плюс полчаса на разные неожиданности, плюс еще полчаса – это значит, что она пустится в дорогу около полудня.

Зарядив фотоаппарат, Стелла заняла выгодную позицию у дома Рут – чуть поодаль, за кустами, там, где репортерша не смогла бы ее увидеть.

Расчет оказался верным – в начале первого Рут вышла из дома, воровато огляделась по сторонам, села в машину и наглухо в ней закупорилась.

- Ну и ну,- пробормотала Стелла.- Похоже, у моей красавицы поехала крыша, иначе, с чего бы ей отгораживаться от людей?

Рут тронулась с места, и Стелла поехала за ней, держась на почтительном расстоянии. Все, что ей было нужно , это сделать снимок для успокоения Тони, как Рут входит в здание гинекологической клиники.

У нее новый мужчина, как она сообщила в своей записке, поэтому она хочет избавиться от ставшего ненужным ребенка предыдущего любовника. Это значит только одно – Тони больше нет места в ее жизни. И наплевать, что правда здесь причудливо смешивается с враньем – кто об этом узнает?

Ради спокойствия сына Стелла была готова пойти и не на такие фокусы. Так будет лучше для Тони, хотя у него на этот счет наверняка имеются другие мысли…совсем-совсем другие мысли.

Только бы он поверил, потому что других идей у Стеллы нет!..Неужели даже это откровенное предательство Рут не проймет ее сына? Не может быть. Конечно, он поверит. Должен поверить, если она подаст все под правильным соусом. Надо постараться. Это ее последний шанс.

Они выехали из города, миновали лес. Впереди расстилалась безлюдная равнина – поля, поля…Вдалеке, на горизонте, две нефтяные качалки сосредоточенно тянули нефть из земли.

Других машин на дороге не было, и Стелла слишком поздно сообразила, что ее великолепный план имеет ряд неудобств. Разумеется, Рут ее заметила. Надо быть дурой, чтобы не заметить машину, которая тащится за тобой как приклеенная вот уже много миль. Разглядеть, кто сидит за рулем, возможности у нее не было, но уже одно то, что ее преследуют, Рут явно не нравилось. Она прибавила скорость, и Стелла, чертыхнувшись, была вынуждена сделать то же самое. Какой прок в ее затее, если она отстанет от Рут на несколько миль?

Теперь они неслись по дороге как сумасшедшие – Стелла ненавидела быструю езду, и уже жалела, что ввязалась в эту авантюру. Черт с ней, с этой бесноватой Рут …и все же непонятно, отчего она так напугана?

Внезапно Рут бросила машину поперек дороги, и если бы у Стеллы реакция была немного хуже, она могла со всего размаха врезаться ей в бок.

Ударив по тормозам, Стелла полетела вперед, зажмурившись от страха. Ее спас ремень безопасности – только благодаря ему она не расшибла себе голову.

- Идиотка!- заорала она, пулей выскакивая наружу.
- Не подходи!- вопила Рут, размахивая пистолетом.
- Какая муха тебя укусила?!
- Теперь я поняла! Я все поняла!..
- Что ты поняла?
- Это ты убила Бандита! Ты! Ты! Чем тебе помешал мой несчастный кот?!
- Я не развлекаюсь убийством кошек!
- Врешь! Врешь! Ты мстишь мне за Тони…хочешь сломать мою жизнь, но я не позволю! Я не позволю!!

Выбросив руку с пистолетом в сторону Стеллы, она, не целясь, выстрелила несколько раз.

В воздухе засвистели пули. Словно во сне, Стелла оглянулась через плечо и взгляд ее уперся в лобовое стекло, изрешеченное выстрелами. Только теперь по-настоящему осознав грозящую ей опасность, Стелла бросилась ничком в дорожную пыль.

- Не подходи ко мне, слышишь ты, сука!!- визжала Рут, и голос ее доносился издалека, словно с другой планеты.- Еще раз увижу тебя в пределах досягаемости, и ты окажешься там же, где твой сыночек, понятно?! А если тебе особенно не повезет, я просто прострелю твою голову!! Черт побери, как же вы меня все достали!!!

У Стеллы не было сил ни приподняться, ни просто пошевелиться. Как сквозь вату слышала она хлопок двери, рев мотора и шорох шин – Рут уехала. Нужно было заставить себя встать на ноги, но она не могла, не могла, не могла… Тупая ноющая боль в левой стороне груди незаметно расползлась по всему телу, напитала каждую клеточку, ввинтилась в мозг, и стала до того нестерпимой, что сознание Стеллы медленно померкло.

Сидя в машине, Рут понемногу успокаивалась. В зеркало заднего обзора она могла видеть, что никто за ней не гонится. Нет, ну до чего же настырная баба эта Райдер! Что ей понадобилось на этот раз? Может, она и есть тот человек, который держит в страхе весь город? Такой что кота выпотрошить, что человека – раз плюнуть!..

Рут облилась холодным потом, вспомнив про ночной визит Стеллы в ее квартиру. Да нет, нет…Не может быть. Кишка у нее тонка, чтобы стать убийцей! С другой стороны, зачем она тогда преследовала Рут сегодня по этой пустынной дороге?.. Как бы там ни было, Рут была довольна, что показала ей зубы. Теперь эта тетка – убийца она или нет- поостережется лезть к ней еще раз.

- Доктор Фишер? Он сломал руку и прием временно прекращен,- сочувственно улыбаясь, прощебетала молоденькая медсестра и Рут, которая только и искала повода, чтобы раскричаться, набрала побольше воздуху в легкие.

- То есть как это прекращен?! А позвонить у вас руки отсохли? Я, как последняя дура, мчусь сюда из соседнего города, и у вас хватает наглости заявить, что приема не будет? По- вашему, у меня достаточно времени, чтобы…

- Нет-нет, вы не поняли, мисс Диксон,- испуганно затараторила регистраторша,- я только хотела сказать, что вместо доктора Фишера вас может принять доктор Барт – это равноценная замена, и вы ровным счетом ничего не потеряете!..

- И этот чертов доктор Барт сейчас на месте?- подозрительно осведомилась рассерженная пациентка.

- Да-да, разумеется!

- Ну так проводите меня к нему, сколько мне еще торчать в вашей дурацкой регистратуре?!..

Аборт прошел как нельзя хуже – с Рут было что-то очень и очень не так, она видела это по озабоченным лицам врачей, по хмурым взглядам, которыми они обменивались. Домой ее не отпустили – в любой момент могло начаться кровотечение, женщина может истечь кровью прямо в машине, посреди дороги, где на много миль вокруг не будет никого, кто смог бы оказать помощь.

- Вам ведь хочется жить, мисс Диксон?- сурово спросил доктор Барт, черноволосый приземистый крепыш в квадратных очках, и она испуганно кивнула ему в ответ. Хочет ли она жить? Господи, да конечно!

- Что со мной?- слабым голосом спросила Рут, и врач обрушил га нее водопад медицинских терминов. Чувствуя, что захлебнется ими, так ничего и не поняв, она попробовала еще раз.- скажите, а это…это очень опасно?

- Будем надеяться, что нет. Спите. Сейчас вам больше всего нужен отдых.

Какой там отдых, пыталась протестовать Рут, ей некогда, ей нужно обязательно посмотреть, как Сьюзан станет гробить вечерний эфир!

Ее бессвязные возражения никого не интересовали. Санитары переложили Рут на каталку , отвезли в палату и снова переложили – уже на кровать. Борясь со сном, с трудом приоткрывая глаза, она видела над собой космическое сплетение каких-то трубок и проводков – это, наверное, было нечто вроде системы жизнеобеспечения. Я больна, я очень больна, подумала она, проваливаясь в сон.

… Рут проснулась солнечным, свежим утром. Ветерок, несший с собой запах земли и травы, ласково шевелил белоснежную оконную штору.

- Мисс Диксон, доброе утро, как вы себя чувствуете?- дружелюбно приветствовала ее немолодая стройная женщина, заглянувшая в ее палату.- Ох, и напугали же вы нас! Но теперь все позади. Теперь-то вы пойдете на поправку, вот увидите. Врачи днями и ночами от вас не отходили…

- Как?..- поразилась Рут.- Какое сегодня число?

- 19 октября. Лежите-лежите, вам пока еще нельзя двигаться. Вы потеряли много крови, но организм молодой, сильный, он справится. Вы даже сможете иметь детей…не теперь, конечно, в будущем, но это большая победа врачей. Доктор Барт- настоящий кудесник, это я вам говорю!

Потеряла много крови?.. Рут вытянула руки вперед. Запястья стали совсем прозрачными, лунки ногтей посинели, явно обозначились косточки и суставы. Старушечья рука, со страхом подумала она, пряча ладони под одеяло. А лицо!.. Как же лицо?..

- Дайте мне, пожалуйста, зеркало,- встревоженно потребовала она, и несколько минут напряженно вглядывалась в свое отражение. Да нет, на самом деле, все не так уж плохо. Свежий воздух улучшит цвет лица, синие круги под глазами постепенно сойдут на нет, губы можно накрасить – короче говоря, все поправимо. 19-ое октября… послезавтра состоится предварительное слушание по делу Тони. Она обязательно должна выписаться из больницы к этому дню!..

Доктор Барт не мог обещать ничего определенного, он лишь улыбался ее горячности – еще вчера стоявшая на пороге смерти, сегодня его пациентка была чрезвычайно оживленной и деловитой. Конечно, видеть ее такой, сознавая, что опасность миновала, намного приятнее, чем сомневаться, удастся ли вытащить ее с того света. Он посоветовал Рут не торопиться и окрепнуть как следует. До двадцать первого осталось чересчур мало времени, всего полтора дня – этого недостаточно, чтобы восстановить силы. Она же не захочет подвергать себя неоправданному риску?

Рут согласилась, но попросила принести ей сотовый телефон и пульт для телевизора. Нужно узнать последние новости и позвонить Расселу – предварительные слушания она пропустит, здоровье важнее, но уж на суд явится непременно. Босс, скорее всего, рвет и мечет – отпрашивалась-то она на один-два дня, а исчезла на четыре. Сьюзан, конечно, напортачила, не сумев справиться с темой, и долгожданный звонок Рут прольет бальзам на раны Рассела.

Недомерок долго не отвечал. Какого черта он не берет трубку?! Ага, наконец-то, соизволил! Тон его был недовольным.

- Кто? Рут? Какая Рут? А, это вы, мисс Диксон… Дело в том, что вы у нас больше не работаете. Нет, вы не ослышались. Почему? Да потому, что вы не считаете нужным являться на работу, и компания несет убытки. Да-да, не сомневаюсь, что у вас была важная причина, но сути дела это не меняет. Послушайте, мне некогда, у меня масса работы. Договор? Наш с вами договор? Все отменяется. Нет, я не боюсь разоблачений. Сьюзан в курсе, что вы за штучка. Она в шоке от грязных приемов, которые вы используете…так что с этой стороны я полностью защищен. Прощайте!

Он отключился первым. В порыве ярости Рут швырнула трубку об стену. Осколки разлетелись по палате, но легче ей от этого не стало. Отлично! Отлично! Стоило ей заболеть, как ее выкинули за дверь! Ну ладно…Рассел еще пожалеет о том, что натворил. Она разрушит его жизнь с той же легкостью, как он разрушил ее. Она пока не знала, как это сделать, но чувствовала, что путь обязательно найдется!..

Глава тридцать третья.

- Что с мамой?- спросил Тони, вглядываясь в бледное до синевы, несчастное личико Джил.

Сердце его сжималось и екало от жалости – какая же она маленькая, испуганная, беззащитная…

- Она в коме,- почти беззвучно ответила Джил, и две прозрачные слезинки капнули с ее ресниц.

- Что это значит? Что говорят врачи?

- Они …предлагают отключить ее от системы обеспечения.

- Как это?

- Они хотят убить ее, Тони!..

- Подожди-подожди… Не может быть! Почему? Разве надежды на ее выздоровление нет?

- Они говорят, что нет. Мы должны решить…

- Джил, сестренка, подумай… Это же наша мамочка! Она у нас с тобой одна-единственная, другой никогда не будет. Я ни за что не соглашусь на смертный приговор для нее, чтобы там не говорили. Пока есть жизнь, есть и надежда, верно?

- Да, но…Тони, ты не все знаешь.

- Так расскажи, что там еще?

- По закону ни я, ни ты не можем ни на что повлиять. Я слишком мала, твои права ограничены, а если суд, к тому же, признает тебя виновным, ты на долгие годы потеряешь способность что-то решать. И тогда…

- Что? Ну что тогда?

- Тогда решать ее судьбу доверят Ларри, нашему папаше, а он уже сейчас уверен, что отключение – единственный выход. Тони, мне страшно. Мы можем ее потерять!..

- Черт! Черт! Что же нам делать!- Тони в отчаянии вцепился руками в свои волосы.

- Не знаю. Я каждый день разговариваю с адвокатом и…ох, Тони, мне это не под силу! Я не могу, я долго не выдержу…иногда мне кажется, что я просто сойду с ума! Тони, мне ведь всего пятнадцать лет, а на меня уже столько всего свалилось…

- Но что же делать, Джил, если из всей нашей семьи ты единственная, кто еще что-то может!..

- Что я могу, Тони, я ведь даже боюсь оставаться одна в пустом доме! Если бы не Мадлен, не представляю, что было бы со мной! Она моя защита, мой друг…ах, если бы ты любил ее, Тони, насколько все было бы проще! Будь вы женаты, пока ты в тюрьме, а Стелла в больнице, главой семьи считалась бы она, она распоряжалась бы и домом, и деньгами…и уж конечно, Мадлен не позволила бы Ларри упечь меня в эту школу и подписать бумагу, которую состряпали врачи.

- Джил, скажи честно,ведь это Мадлен поручила тебе завести со мной весь этот разговор?

- Нет. Я сама. Мадлен ничего об этом не знает.

- Джил, милая, ты понимаешь, на что толкаешь меня?

- Тони, я ни на чем не настаиваю, ты просто должен понять – одной мне со всем этим не справиться. Теперь Ларри и судиться-то не с кем – оформляй опекунство и забирай, кого хочешь. Тони… на кону не только твоя судьба, но и моя, и мамина. Я знаю, ты очень любишь Рут… но неужели ты любишь ее больше, чем нас, твоих близких? Мне кажется, любовь Мадлен к тебе – счастье для нас всех. Короче говоря, решать тебе и никому другому. Делай, как хочешь!..

- Свидание окончено,- напомнил полицейский, заглядывая в комнату, где брат и сестра сидели друг против друга, не говоря ни слова и глядя в разные стороны.

- Хорошо, Джил. Думаю, ты права. Пожалуйста, попроси … попроси Мадлен зайти ко мне,- голос у него был тихим, убитым, и Джил вдруг физически ощутила, как Тони сейчас тяжело.

Покинув тюрьму, Джил поспешила в пиццерию, где работала Мадлен. Подружки на месте не оказалось, она уехала развозить заказы, так что Джил пришлось подождать. Вкусные запахи разожгли аппетит, она заказала себе кусок пиццы и кофе, села в уголок, спиной ко всем и принялась за еду.

- Джиллиан?..

Нет, только не это, взмолилась она, едва не поперхнувшись. Слащавый лис Ларри, и как не вовремя!..

- Идем за наш стол. Тебе пора перестать дичиться, нужно привыкать к новой семье…

До чего же она ненавидела этот менторский тон, эти банальности, изрекаемые с важным видом!..

- Не хочу,- процедила Джил сквозь зубы.

- Боже, Боже…до чего ты груба, до чего неотесанна!- лицемерно вздохнул он.- Ну ничего. Будем надеяться, школа сделает из тебя человека.

Ларри отошел, но девочка больше не могла есть. Оттолкнув от себя тарелку, она невидящим взором уперлась в стену. Черт возьми, ну почему он не хочет оставить ее в покое?..

Наконец-то вернулась Мадлен. С тех пор как Тони оттолкнул ее, запретив приходить, она перестала беззаботно улыбаться во весь рот, и Джил казалось, что окружающий мир померк без ее улыбки.

Джил, резво вскочив на ноги, поспешила навстречу, чтобы скорее порадовать ее.

- Мадлен!

- А, Джил... Как ты?

- Мадлен, у меня потрясающая новость!

- Правда?- безучастно спросила та.

- Сегодня я была у Тони...так вот, он очень просил тебя зайти к нему, когда сможешь.

- Тони?- встрепенулась девушка, и ее бледные щеки немного порозовели.- Зачем?..

- Мадлен,- тон Джил стал вдруг ликующим,- что-то подсказывает мне, что скоро ты станешь самой счастливой невестой в этом мире!

- Ох, Джил, не шути так... Невестой!- губы ее вздрагивали.- я пойду к нему, пойду...и будь, что будет!

На следующий день Мадлен сидела напротив Тони – колени ее тряслись, зубы стучали. Нерешительность Тони мучила ее сильнее, чем самый резкий и недвусмысленный отказ. План Джиллиан был гениален. Неужели он не сработает?

- Мадлен,- начал Тони.- Послушай, Мадлен...

В глаза ей он не смотрел. Он просто не мог смотреть на нее сейчас.

- Мадлен, знаешь что … выходи за меня замуж.

- Тони,- выдохнула она, закрывая лицо руками.

- Если ты согласишься, тебя ждет непростая жизнь. Жизнь жены заключенного небогата радостями…Не знаю, сколько мне придется сидеть за убийство, которого я не совершал. Возможно, лет через пять или десять полиция возьмет настоящего преступника, и меня с извинениями выпустят на свободу. Тогда можно будет считать, что нам здорово повезло…мне и тебе. Но я бы на твоем месте особо на это не рассчитывал. Если же они так никогда никого и не найдут…Мадлен, вся моя жизнь пройдет впустую. Тебе придется заботиться о моей матери и сестре, как заботился бы о них я …ты уверена, что тебе нужно все это?

- Да, Тони, да, мне это нужно,- твердо ответила она.- я согласна на все твои условия – жить монашкой, сохраняя себя до твоего возвращения, посвятить жизнь служению тебе и твоим родным, но…у меня тоже есть одно условие.

- Да? И какое же?

- Поклянись, что не оставишь меня, как только во мне минует надобность.

- Что?..

- Я не прошу любить меня вечно, ты ведь все равно не сдержишь обещания. Поклянись, что не разведешься со мной…нет, не так. Поклянись, что не оставишь меня никогда, что бы не случилось. Лучшей жены тебе не найти, Тони, и, может быть, когда-нибудь ты это поймешь. Возможно, когда-нибудь я даже стану тебе дорога…не так, конечно, как ты мне, но все же. Итак, ты готов дать такую клятву?

- Клянусь,- кивнул он,- ну что, формальности позади, и мы можем назначить день свадьбы?

- Да,- прошептала она, опуская ресницы.

- Давай дождемся суда. Вряд ли кто-нибудь сейчас позволит нам этим заниматься?

- Думаешь, случится что-то такое, что позволит тебе избежать этого брака?- с невеселой улыбкой спросила она.

- Давай сделаем так - поженимся на следующий день после суда. Не думай, что я хочу оттянуть нашу свадьбу...о, Господи, и это, конечно, тоже. Пойми же, Мадлен, мне не по себе, я в полной растерянности ...хочешь, чтобы я выглядел идиотом на суде с этим своим новеньким обручальным колечком?! Разве я смогу защищать себя в таком состоянии? Мадлен, какая разница, днем раньше или днем позже ты получишь меня в свое полное распоряжение...неужели один-единственный день так важен для тебя?

- Да, очень важен. Дело в том, что я сильно люблю тебя, Тони, а ты все время об этом забываешь.

- Мадлен, давай не будем ссориться. Что такое один день по сравнению с долгими годами ожидания, предстоящими тебе,- тяжеловесно пошутил он, и Мадлен улыбнулась сквозь слезы.

...- Ну как? Как все прошло?- кинулась к ней Джил, слонявшаяся в коридоре.

- Все замечательно, малышка, мы почти женаты!- выдохнула Мадлен, и Джил с радостным писком повисла у нее на шее.

- Мадлен, солнышко, ты просто представить себе не можешь, как же я за вас рада! Ты добилась своего! Ты все-таки своего добилась!

- Да, Джил, но нужно смотреть правде в глаза – Тони по-прежнему любит Рут. Ничего не изменилось.

- Как же не изменилось?- всполошилась Джил.- А он что, сказал тебе об этом?

- Глупышка, да разве об этом нужно говорить? Это читается по глазам!..

- За годы, что он проведет в тюрьме – если его, конечно, посадят... так вот, за это время Рут выйдет замуж и разжиреет, как свинья...вот увидишь, Мадлен, через год-другой Тони о ней и не вспомнит. Он будет любить тебя, только тебя! Ты как никто заслуживаешь его любви – вспомни, разве не об этом говорила Стелла?

- Спасибо, дорогая, что ты поддерживаешь меня. Это так здорово!

Они обнялись. Пушистые волосы Мадлен щекотали Джил щеки. Она казалась себе скорлупкой, наконец-то приставшей к надежному берегу – теперь ей не страшны шторма, ветра и бури, какими бы сильными они не оказались. Теперь рядом Мадлен, и это значит, все будет просто замечательно.

Пусть не сразу, со временем, но мы станем, мы обязательно станем счастливыми!.

Глава тридцать четвертая.

- А помнишь, дорогая, ты говорила, что в нашем городе никогда не произойдет ничего интереснее, чем кража велосипеда у почтальона?- спросил Сэмюэл Доусон, приподнимаясь на локте, и нежно, легкими касаниями пальцев, поправляя растрепавшиеся волосы Джанет.- Какая же ты красавица, любовь моя...

- Я ошибалась,- ответила она, расцветая навстречу мужу благодарной улыбкой,- но знаешь, Сэм...лучше бы так было на самом деле. Посмотри, что делается вокруг – три трупа, групповое изнасилование, вооруженное нападение...машина миссис Райдер буквально превращена в решето. И никаких улик, никаких свидетелей, никаких мотивов...

- Да, но... ведь Стелла не умерла, в нее даже ни одна пуля не попала. Как ты думаешь, почему ее обстреляли?

- Она могла что-то увидеть на дороге, кому-то помешать. Джанет, мы должны усерднее искать свидетелей. Не может быть, чтобы никто ничего не видел! Все, что у нас есть, это несколько пуль, выпущенных из заурядной беретты, но ведь такие револьверы имеются у половины жителей нашего города. Есть лишь единственная зацепка.

- Какая?

- Дорога. Если мы поймем, ч т о Стелла делала в пятнадцати милях от города, куда она собиралась, мы разгадаем эту загадку.

- Допустим, она ехала в соседний город.

-Зачем?

- Возможно, хотела там с кем-то встретиться. Может быть, это касается Тони?

-Думаешь, миссис Райдер вела самостоятельное расследование? В этом что-то есть. Не зря же она везла с собой фотоаппарат.

- Нда-а-а...тут есть о чем подумать.

- Но только не в постели, верно?

- Верно. Иди ко мне, моя прелесть. Я люблю тебя, Джанет, ты это знаешь?

- Знаю, Сэм. Я все про тебя знаю...

Немного позже разговор возобновился.

- Надеюсь, после всех этих судов и приговоров жизнь в Нью-Вэлли снова войдет в колею.

- Вряд ли. Воспоминания будут будоражить горожан еще долгие годы.

- Воспоминания- меньшее зло. Главное – чтобы все мы извлекли из случившегося надлежащий урок.

- А ты не думаешь, что все эти события – звенья одной цепи?

- Потому что они произошли с членами семьи Райдер?

- Не знаю, почему, но мне кажется, что за всем этим стоит чей-то злой умысел.

- Брось фантазировать, детка. Никому не под силу срежиссировать такой спектакль.

- Да, но могло быть срежиссировано только одно событие – допустим, гибель Челесты.

- Челесту умертвили третьей. Первые две смерти не повлекли за собой ничего похожего. Почему? Да потому, Джанет, что незачем искать там, где искать нечего.

- Думаю, должно еще что-то произойти. Что-то такое, что все расставит по местам. Это интуиция, Сэмюэл, а интуиция еще ни разу меня не подводила.

- Ну разумеется, будет суд...

- Нет, не то. Пойми, Сэм, дьявольский спектакль не кончен. Будет еще завершающий аккорд.

- Когда ты говоришь так, дорогая, и смотришь при этом в одну точку, у меня мурашки бегут по коже. Не каждому шерифу посчастливилось иметь жену-предсказательницу будущего!

- Сэм, здесь нет ничего из астрологии или хиромантии, да и на кофейной гуще я не гадаю. Я просто чувствую, что близится развязка и, между прочим, наша с тобой задача – разгадать, где и как все это произойдет.

- Дорогая, предчувствия – слишком тонкая область, чтобы поручить полиции разбираться в них. Наше дело – факты, улики, алиби. Остальное нас не касается.

- Хочешь сказать, что, осудив невиновного, мы будем все так же спокойно спать?

- Почему ты так уверена, что Тони Райдер невиновен? Опять черная магия?

- Уверена, и все...а почему, не знаю. Не могу объяснить.

- Дорогая, давай оставим все это присяжным, а? В конце-концов мы сделали все, что от нас зависело.

- Нет, Сэм, не все. Тони сидит, но разве в городе стало спокойнее?

- Ни одного нового убийства,- заметил Сэм, и Джанет нетерпеливо шевельнула бровями – она не любила, когда ее перебивали.

- А кошка Рут Диксон?

- Глупости. Пару лет назад нашу Минни тоже отравили – ты вспомни, вспомни!- и сделал это забулдыга Брентли, сыпанувший ей крысиного яда из-за острой неприязни к полиции вообще и ко мне в частности. А если учесть, что твоя Рут Диксон – заноза в заднице у всего города, то нет ничего удивительного, что кто-то расправился с ее котом.

- Сэм, все жертвы тем или иным способом лишились своих домашних любимцев. Кота Доны кто-то переехал на машине, собаку Эрики отравили, и даже рыбки Челесты Дэйвис на следующий день плавали кверху брюшками.

- Рыбки сдохли оттого, что вечно пьяный мясник их не кормил.

- А заказанные цветы?

- Это просто злая шутка. Повторяю, дорогая, Рут Диксон у всех стоит поперек горла. Неудивительно, что ей подстраивают всякие пакости.

- Посмотри-ка, а ведь она теснее прочих связана с Тони!..

- Что ты имеешь в виду?

- А то, что все преступления, случившиеся в последнее время, упорно крутятся вокруг его семьи. Такое чувство, будто кто-то им мстит, подставив Тони и всячески гадя его близким людям.

- И кто же, по-твоему, мог так сильно его возненавидеть?

- Не знаю. Соперник в любви, тайно вожделеющий Рут? Отвергнутая подружка? Может быть, Ларри?

- Ларри?!..

- А почему бы нет? Как-то он чересчур вовремя сюда вернулся, ты не находишь?

- Ладно, Джен, давай оставим все это на завтра, а? – взмолился муж.- Вижу, ты всерьез вознамерилась обелить Тони во что бы то ни стало. И чем это он так тебе приглянулся?

Глава тридцать пятая.

Рут медленно, но уверенно шла на поправку.

В первый день ей совсем не хотелось есть, во второй она уже уписывала за обе щеки куриный бульон, на третий – совершила самостоятельную прогулку по парку.

Телевизор она не включала, внезапно потеряв к еще так недавно любимому делу всякий интерес. Какой смысл расстраиваться, глядя на жалкие потуги этой дешевки Сьюзан выдержать заданный жесткий темп?..

Вместо этого Рут часами обдумывала план мщения, и улыбка, сменяющаяся то саркастической усмешкой, то легкой гримасой презрения, скользила по ее губам.

Глава тридцать шестая.

Джил каждый день ездила навещать Стеллу.

Специально для нее у кровати матери поставили маленький стул, Джил садилась на него и принималась рассказывать новости. Мадлен готовится к свадьбе. Она всерьез намерена сделать эту процедуру незабываемой. Осталось мало времени, сшить платье ей не удастся, но она уже присмотрела готовое за триста баксов и хочет непременно купить его, вбухав туда львиную долю своих сбережений. Волосы Мадлен уложит в самой лучшей парикмахерской – какая разница, что церемония будет проходить в тюремной часовне и ее прически никто так и не увидит. Она твердо решила сделать сюрприз Тони – ему, бедняжке, будет приятно видеть, как ради него стараются. Жаль только, что кроме невесты, священника и двух полицейских, в часовню никого не пустят – ни Джил, ни Стеллу, если она выздоровеет…

Джил с нежностью смотрела на мать, вынимала из сумочки заранее припасенную расческу, причесывала Стелле волосы. Неважно, что она не отвечает – Джил была уверена, что мама все слышит и радуется вместе с ней. Главное, что она существует, она не умерла, до ее руки можно дотронуться, к ней можно придти и сесть рядом… Ларри просто бесчувственное бревно, если хочет лишить ее всего этого! Он циник, он называет Стеллу растением и, прикрываясь личиной доброго христианина, требует от Джил прекратить мучения ее матери на этой земле. Ничего. Скоро и у нее, и у Стеллы появится настоящая защита – Мадлен, ее невестка, которая скажет твердое и решительное «нет» всем этим разговорчикам. Ах, скорее бы!..

Однажды, выйдя из палаты в коридор, Джил наскочила на прогуливавшуюся неподалеку троицу – две мамаши ее обидчиков пришли в гости к третьей, хрупкой миссис Симпсон, жаловавшейся на сердце. Заметив Джил все трое, как по команде, воинственно выпятили подбородки.
- Молодая леди, не соблаговолите ли вы уделить нам секундочку вашего драгоценного внимания?- долетел до ее слуха чей-то ядовитый голос с той стороны.

- Ни секунды,- коротко ответила Джил, не оглядываясь.

Сзади, за спиной, зашипели и завздыхали, но ей было все равно. Каждая из этой троицы, подкараулив девочку где-нибудь в городе, тут же принималась стыдить и поносить ее, впрочем, особенно близко не приближаясь – всем им была памятна та история с плевком, приземлившимся в физиономию миссис Донован.

Джил никак не могла понять, что эти ведьмы от нее хотят. Забирать заявление из полиции она не станет, смягчать свои показания тоже – она твердо намерена рассказать все, как было на самом деле, и если это кому-то не нравится, то это его проблема!..

Глава тридцать седьмая.

Предварительные слушания по делу Тони Райдера прошли как по нотам. До суда оставалось три дня. Трудно было предсказать, насколько растянется судебный процесс, но подготовка к нему шла весьма и весьма серьезная. В центре города сняли гостиницу для присяжных заседателей. Поговаривали, что во избежание подкупа у двери каждого из них будет стоять вооруженный до зубов полицейский. Так это или нет, никто толком не знал.

Город лихорадило.

Предстояло сразу несколько судебных процессов – один занимательнее другого. В кафе и на улицах собирались группки яростно жестикулирующих людей, по большей части мужчин – пронесся слух об открытии тотализатора. Принимались ставки, делались прогнозы – словом, жизнь бурлила.

Герой всех этих пересудов, Тони Райдер, томился в ожидании суда. Быть того не может, размышлял он, чтобы полиция не нашла каких-то новых улик, подтверждающих его невиновность. Какой смысл держать за решеткой честного человека, в то время как настоящий маньяк, посмеиваясь, спокойно разгуливает себе по улицам?

- Меня не признают виновным. Нет, не признают,- успокаивал себя Тони, но какая-то чувствительная струнка в его душе никак не желала успокаиваться, и все ныла, ныла… Все чаще он впадал в какой-то ступор, сидел, свесив голову, затем расслабленность сменялась буйством, он метался по камере, тряс решетку, молотил кулаками в стену, обдирая до крови костяшки пальцев. Устав, Тони сползал по стенке и плакал, не стесняясь своих слез. Он чувствовал себя сломленным. Жизнь была кончена.

Приходил адвокат, принимался втолковывать правила поведения на суде, объяснял, на чем будет построена защита, на что нужно обращать внимание… Тони слушал, но не слышал его.

Зачем ему свобода, если у Рут другой мужчина и она беременна от него? Когда она успела завести себе хахаля, кто он такой? Каждый из этих вопросов лезвием чиркал по его незащищенному сердцу, безжалостно углубляя и без того кровоточащую рану. Рут встречается с другим парнем, целует его, ложится с ним в постель, собирается стоять с ним у алтаря … нет, это невыносимо, такие мысли сведут его с ума! Почему же она так легко согласилась на замужество, ведь ему, Тони, она всегда отказывала? Не любила, вот и отказывала, твердил внутренний голос. А этому парню, его неизвестному сопернику, она готова родить ребенка… Нет, этого просто не может быть! Каким же он был остолопом, прохлопав ушами ее роман на стороне!..

Растравляя себя, Тони зачем-то начинал представлять, как великолепно будет выглядеть его любимая девушка в свадебном платье. Немыслимо отдать ее кому-то другому, потеряв навсегда…немыслимо!

А может быть, все это выдумки, и никакого соперника нет и в помине, осенило его вдруг. Ну конечно, выдумки!..

Если бы у Рут появился кто-то еще, и она принялась делить свое время между ним и Тони, он смог бы сразу это почувствовать. Хотя... она вполне могла завести интрижку на работе, в этой треклятой студии, с одним из осветителей или операторов, которые вечно крутятся неподалеку. Рут ведь такая яркая, на нее все облизываются...Эти мысли мучили его больше всего. Навсегда ушедшее счастье, о котором он привык вспоминать с замиранием сердца, сейчас поблекло. Неужели Рут обманывала его?! Неужели могла принадлежать кому-то еще – она, его Рут, его первая и единственная настоящая любовь ?..

Дни, казавшиеся бесконечными, сменялись мучительно долгими ночами. Лежа без сна, он смотрел в потолок, и видел там всегда одно и то же – Рут, голую, потную, распластанную под чьей-то волосатой тушей, задыхающуюся, рычащую, визжащую...все это было так грязно и отвратительно, что он давился беззвучными стонами и до крови закусывал губы, стараясь не взвыть от нестерпимой душевной боли. Затмевая все, перед его глазами возникала мерзкая, хохочущая, кривляющаяся чужая рожа, и Тони бессильно грозил кулаком терзающему его призраку.

Как случилось, что эти ночные фантасмагории заменили ему жизнь?! Случившееся с Джил прошло мимо, зацепив лишь краешек сознания – горе эгоистично, и сейчас Тони мог думать только о предательстве любимой женщины.

Потом вдруг все в одночасье перегорело. Измученная душа, как губка, напиталась страданиями так, что не осталось ни капельки свободного пространства, и Тони научился смотреть на все как бы со стороны. Да, Рут разлюбила его, но, может быть, это и к лучшему. Разлука рано или поздно свела бы его с ума – теперь не сведет, теперь все ясно, пик пройден и острота восприятия притупилась.

Джил хочет женить его на Мадлен - пусть так, пусть это будет Мадлен, ему все разно. Джил уверяет, что эта надоедливая девица любит его без памяти – что ж, вот еще одна жертва великой и страшной лотереи, в которой ей выпал жребий любить без взаимности и ждать без возможности дождаться.

Он думал о Мадлен равнодушно, абсолютно не осознавая того, что через несколько дней будет связан с ней узами брака.

Так лучше для Джил и для мамы – в самом деле, сейчас им нельзя оставаться одним. Мадлен на какое-то время станет опорой для Джил - ненадолго, пока не встретит другого мужчину, свободного и способного оценить ее по достоинству. Тогда она уйдет, и это правильно.

Мама была еще одной незаживающей его раной. Конечно, она смертна, как и он сам, как все остальные люди, но ведь она еще так молода, ее черед пока не пришел … при мысли, что она может умереть, он ощущал себя маленьким беспомощным мальчиком, потерявшимся в большом городе. Никто и никогда не любил его крепче, чем Стелла, так неужели сейчас он позволит каким-то прощелыгам решать ее судьбу?!..

Глава тридцать восьмая.

День суда над Тони приближался с неотвратимостью курьерского поезда, а в результате настал совершенно неожиданно. Спокойные неторопливые дни, к которым Рут начала привыкать, находясь в больнице, сменились бешеным темпом.

24-ого октября ей позволили выписаться, и черт возьми, как же дорого ей было это возвращение к нормальной жизни!

С чувством величайшего наслаждения она уселась за руль, тронула машину с места, и медленно двинулась вперед. Завтра ей предстоял тяжелый день. По ее губам скользнула улыбка. Сюрприз ждет всех, но Рассела в особенности. Вряд ли теперь кто-то захочет иметь с ним дело! Она твердо решила измазать его грязью с головы до ног. И ничего ей за это не будет. Ниче-го!...Рассел полный кретин – разве можно конфликтовать с такой решительной особой, как она?

Чем ближе Рут подъезжала к Нью-Вэлли, тем тяжелее становилось у нее на сердце. Месть сладка, это правда, но ведь она свершится лишь завтра, а сегодня ее ждет тоскливый вечер, тягучий, как сочельник. При мысли о том, что придется войти в пустую квартиру, ее пробрал озноб. Кто знает, кто мог наведаться туда в ее отсутствие? Если кто-то убивает кота, а потом заказывает ему прощальный букет от ее имени, то почему этот кто-то не может пойти дальше и влезть к ней с целью подстроить какую-нибудь пакость?..

Пейзаж за окном успокаивал нервы. Поля, поля... При взгляде на начавшие желтеть стебли все страхи, терзавшие ее, начинали казаться бессмыслицей – кот, ну что, кот, может и правда, что его убил кто-нибудь из соседей...

А букет? Как с букетом? Зря она тогда не написала заявление в полицию. Звонок Джанет не может считаться сигналом, заслуживающим внимания. Беседуя с ней сегодня, Рут намерена снова упомянуть об этом событии.

...Визит Рут Диксон оказался для Джанет полнейшей неожиданностью. Поговаривают, у этой рыжеволосой бестии проблемы на работе – во- всяком случае, с экрана она исчезла. Когда же это случилось? Недели полторы назад?

Джанет с удивлением припомнила, что за все эти дни ни разу не встретила Рут на улице. А ведь раньше они сталкивались постоянно – то на заправке, то в супермаркете. Так где же она была? Уезжала отдохнуть и развеяться? Вряд ли. Тогда бы она не вернулась такой бледной и измученной... да и время сейчас неподходящее. Стервятники не улетают на отдых, пока туша буйвола еще не растерзана до конца, а Рут самый настоящий стервятник. Но что же с ней случилось? Почему она больше не работает?

- Джанет, завтра суд,- начала Рут, пытаясь угнездиться поудобнее на жестком стуле. Она положила руки на колени и пытливо глянула в глаза присевшей напротив Джанет Доусон. Сама невинность, подумала та. Ну-ну, посмотрим, что за этим последует.

- Я хочу сделать заявление,- после небольшой заминки выдавила Рут.

Все. Еще несколько слов, и пути назад не будет.

- Вот как?

- Да,- заторопилась она, словно боясь передумать.- я...я солгала. Мне трудно об этом говорить, мне стыдно и противно, но ничего не поделаешь. Я должна.

- Подожди, Рут, подожди…Это касается того дня, когда Тони арестовали?

- Да.

- Ну, ну, я слушаю, говори!

- Джанет,- начала Рут снова.

Сглотнув, она огляделась по сторонам, и Джанет, правильно разгадав ее движение, протянула ей стакан воды.

- Спасибо. Так вот, Джанет…я солгала. Я видела Тони в ту самую минуту, когда раздался крик Челесты. Тони отбросил сигарету, которую только что закурил, и помчался назад. Тони никого не убивал. Он не убивал эту дуру, ты понимаешь?..

- Отлично,- кивнула Джанет, стараясь ничем не выдать своего торжества.- Лучше поздно, чем никогда, верно, Рут? А теперь давай-ка сначала, и со всеми подробностями.

Рут, морща лоб, начала поминутно припоминать все события того рокового вечера, потом изложила свой рассказ на бумаге, кое-что присочинила и с удовольствием скрепила подписью свои показания. Завтра, на суде, ее рассказ произведет фурор, а если кто-нибудь, чересчур расторопный, спросит, почему она сразу не сказала всей правды, она с невинным видом ответит, что всего лишь выполняла распоряжения своего босса, приказавшего ей молчать под страхом увольнения. Взамен этой маленькой уступки он обещал ей фантастический карьерный взлет – о, разумеется, если бы не измена Тони, она бы ни за что на это не пошла, ни в коем случае не стала его оговаривать, но…

Обида была столь сильна, столь ужасна, что Рут, сама не понимая, что делает, сгоряча согласилась. Потом у нее начались угрызения совести, она несколько раз приходила к Расселу со слезами, но он и слышать не хотел о ее обращении в полицию; говорил, что ее поднимут на смех, что ей припаяют срок за лжесвидетельство, что такие вещи нужно говорить сразу или не говорить вовсе, и что он, коснись его эта история, станет все отрицать – доказательств-то у нее нет. Впрочем, тут они на равных, ведь и ему нечем доказать, что она лжет.

Кончилось тем, что она просто-напросто отказалась вести эти гнусные репортажи, и Рассел тут же выставил ее за дверь, обвинив – ха-ха!- в прогулах, в манкировании своими прямыми обязанностями … ее, трудоголика, человека, горящего на работе! На нервной почве у нее открылось кровотечение, возникла угроза для жизни, и доктор Барт из соседнего городка предложил ей лечь в клинику на обследование.

Джанет встрепенулась. Ее мозг мгновенно зафиксировал обрывок нужной ниточки.
- Какого числа ты легла в клинику?
- Пятнадцатого.
- И на сколько тебе была назначена встреча?
- На три часа дня, но я не понимаю, какое значение могут иметь эти мелочи?

- Может быть, никакое, и может и наоборот. На кону – жизнь Тони, и мы не можем рисковать даже самыми незначительными подробностями. Вдруг их вздумают проверить?- не моргнув глазом, солгала Джанет.

Рут, не заподозрив подвоха, кивнула головой.

- Все ясно. Так что, завтра я должна сидеть в зале с самого начала или ждать снаружи? Меня, наверное, позовут позже?

- Жди снаружи. Тебя вызовут одной из первых. Скажи, ты сможешь повторить все то, что рассказала мне сегодня?

- Разумеется.

- Вот и прекрасно.

- Тони освободят?

- Думаю, да. То-то радости для его невесты!

- Боюсь, после всего случившегося он на меня и смотреть не станет,- лицемерно вздохнула Рут, решив на всякий случай до конца играть роль кроткой овечки.

- О, я имела в виду вовсе не тебя,- солнечно улыбнулась Джанет, и брови ее собеседницы, переломившись точно посередине, прыгнули вверх.

- Нич-чего не понимаю!..

- Неужели ты ничего не слышала? На двадцать шестое августа назначена свадьба Тони и этой малышки Мадлен Ротт. Об этом уже несколько дней сплетничает весь город.

- Но он же терпеть ее не может!- ошеломленно выговорила Рут. На ее щеках выступили красные пятна, нос, наоборот, побледнел, и теперь лицо стало напоминать застывшую карнавальную маску.

- Вряд ли. Если бы дела обстояли так, как ты говоришь, вряд ли он мог предложить ей руку и сердце,- Джанет уже жалела, что поддалась глупой бабской мстительности и не сумела сдержаться. Ей, человеку с добрым сердцем, было тяжело наблюдать сердечные муки другого человека, а в том, что Рут терзают именно они, не могло быть и тени сомнения.

- Ладно…там поглядим,- выговорила та побледневшими непослушными губами.

- Рут, скажи честно…после того, что ты узнала… ты не изменишь своих показаний?

Рут понемногу приходила в себя, становясь прежней хотя бы с виду. Незачем кому-либо знать, какой вакуум поселился внутри нее!..

- Нет. Не изменю,- глухо откликнулась она, направляясь к выходу.

Взявшись за дверную ручку, Рут вспомнила, что ни словом не обмолвилась о других своих проблемах, и вернулась, чтобы вкратце обрисовать Джанет сложившуюся ситуацию.

- Хочешь написать заявление?

- Думаешь, стоит?

- Конечно.

- Ладно, обойдусь. Ты обо всем знаешь, и этого достаточно.

Смотри сама. Ну, до завтра!

- До завтра.

- Послушай, Рут,- окликнула ее Джанет, решив вдруг именно сейчас проверить одну свою догадку – а вдруг ее предположение окажется правдой.- На всякий случай…у тебя есть оружие?

- Есть,- кивнула Рут, похлопав ладонью по сумке.

- Покажешь?

- Зачем?

- Проверю, чтобы не заедало. Подведет еще в нужный момент!..

Рут протянула ей свою верную беретту. Так и есть – из дула шел слабый запах пороха.

- Я вижу, ты им пользуешься?

- Иногда приходится, - пожала плечами Рут.- Вроде, ни разу не заедало.

- Стреляешь по воробьям?- улыбнулась Джанет.

- Скорее, по старым воронам. Я могу идти?

- Послушай, возьми мой 45-ый калибр. Из твоей пукалки только по мухам палить. Бери, бери, пока дают. А беретту оставь здесь - потом обменяемся.

- Ладно, давай,- согласилась Рут, принимая из рук Джанет устрашающего вида пушку,- ух ты, из него даже стрелять не понадобится. Один вид чего стоит!..

Рут вышла за дверь, а Джанет, с облегчением переведя дух, бережно упаковала ее револьвер в пластиковый пакет – для того, чтобы отдать на экспертизу. Так, прикинула она, теперь нужно немного терпения. Пусть Рут сначала даст показания в суде, а уж потом ее можно будет привлечь за пальбу, повлекшую за собой тяжелые последствия для другого человека. Пули, гильзы, найденные на дороге, поездка Рут в соседний город, совпадение места и времени, беретта, из которой недавно стреляли …все, все сошлось!

Спустя две минуты Рут неожиданно вернулась.

- Знаешь, давай-ка мне мою беретту. Мало ли что…

- В чем дело? Почему?

- Она никогда еще меня не подводила. Зачем менять шило на мыло? Будет не до смеха, если в нужный момент меня подведет именно твой агрегат.

Джанет не могла рисковать. Главное сейчас – освободить Тони, а если Рут заартачится, у них ничего не выйдет. Скрепя сердце, она отдала беретту репортерше. Ладно. Не все сразу.

Рут шла по коридору, ни на кого не поднимая глаз – так, словно боялась прочесть насмешку на лицах идущих навстречу людей. Ну как же, теперь она для всех настоящая неудачница – на студии в ее услугах больше не нуждаются, и даже Тони, не так давно клявшийся в вечной любви, собрался жениться неизвестно на ком … и только для того, разумеется, чтобы насолить ей, Рут!..

Она даже не заметила, как добралась до дома. Если бы желание отомстить Расселу не возобладало, сидеть бы Тони за решеткой веки вечные. Жениться он вздумал…вот скотина! И кого выбрал – Мадлен, прямо смешно! Одуванчик – вот как ее называли в школе. Пушистая голова на цыплячьей шейке, вечно искательный жалобный взгляд, которым она провожала Тони всякий раз, когда бы с ним не столкнулась …

Быстро, однако же, она сориентировалась! Впрочем, некрасивые девушки обладают известной цепкостью: они как пиявки – если уж присосутся, пиши пропало. И самое противное – Рут ведь сама его подтолкнула, написав ту идиотскую записку. И все же, Тони мог бы не торопиться – зачем ему понадобилась нелюбимая жена, да еще так срочно?..

Она открыла входную дверь, шагнула внутрь, замерла и прислушалась. Вроде все тихо, только вот запах…какой-то странный запах. Или это ей кажется? Носок ее туфли-лодочки запутался в каких-то лохмотьях, валявшихся на полу.

Рут присмотрелась получше. Ткань была явно знакома ей. Да это же ее любимый костюм, разрезанный кем-то на лоскутки!.. Та-ак...ну, и какие еще сюрпризы приготовлены для нее в этой квартире?

Оглядевшись вокруг себя, Рут вооружилась пилочкой для ногтей и баллончиком с дезодорантом – неизвестно, что ждет ее там, за поворотом. Ей отчего-то совсем не было страшно – только противно, как бывает, когда вступишь в нечто, наподобие собачьего дерьма. Кто бы тут ни был, сейчас она разорвет его пополам, уничтожит вот этими самыми руками, если он посмеет встать на ее дороге!

В квартире было пусто – никто не ждал ее с ножом наперевес, чтобы выпустить кишки, или с удавкой, чтобы сдавить горло – она даже ощутила некоторое разочарование, так хотелось поскорее покончить со всей этой мерзостью.

По мере приближения к спальне запах усиливался – совершенно очевидно, что там ее ждал очередной подарочек не для слабонервных от человека, который умел ненавидеть так сильно, что лез в квартиру, не боясь быть пойманным.

Она толкнула дверь спальни, и та бесшумно отворилась. Первое, что бросилось Рут в глаза, это сгоревшие свечи, стоявшие повсюду – десятки свечей, растекшиеся восковыми лужицами...удивительно, как обошлось без пожара, и дом не сгорел дотла!

Постель была смята, ее словно вихрь разметал – покрывало, одеяло, простыни свисали до пола, подушки были брошены в центр, и на них, на этих подушках, лежал порядком позеленевший, раздувшийся ободранный трупик ее несчастного кота. Это был всего лишь кот, и она подошла чуть ближе, сама не зная, зачем это делает. Стая сине-зеленых мух, потревоженная движением воздуха, взмыла в воздух и заметалась у ее лица с отвратительно громким жужжанием. Рут показалось, Бандит шевельнулся – она понимала, что это невозможно, и наклонилась над ним, чтобы тут же отпрянуть. Под жалким скрюченным тельцем кота кишмя кишели жирные белые черви, пожирающие гнилую плоть. ощутив приступ тошноты, Рут ринулась в ванную, потом схватилась за телефон.

Спустя несколько минут полиция уже стучалась в ее дверь. Кто-то из них прямиком прошел в спальню. Джанет Доусон, примчавшаяся в составе группы, присела рядом с Рут на диване.

- У тебя есть подозрение, кто это мог сделать?

- Нет.

- Может быть, Рассел?

- Джанет, я скажу тебе, кто это сделал. Это сделал тот самый маньяк, которого вы до сих пор не поймали, и ты это знаешь, отлично знаешь, иначе бы не примчалась сюда по первому звонку!- яростно сверкнув глазами, прошипела Рут.

- Возможно, хотя я и не была бы столь категорична. Смысл этой акции – запугать тебя, заставить нервничать, и даже, может быть, уехать из города. Вспомни – никто из предыдущих трех жертв не подвергался такому давлению. Их просто убивали, и все.

- Если ты надеешься подбодрить меня таким образом, то твои усилия совершенно напрасны!! Это животное хочет, чтобы я уехала из города? Отлично, я уезжаю! Мне плевать на Тони. Пусть выкручивается, как хочет ! Если полиция не в силах меня защитить…

- Нет, Рут, так нельзя. Во-первых, ты уже заявлена, как свидетель, а во-вторых…

- Мне плевать, даже если у тебя в запасе есть «в-десятых» и «в пятидесятых». Я уезжаю!

- Рут, этим ты опасности не избежишь.

- Дорогая миссис Доусон, я провела полторы недели в больнице в сотне миль отсюда, и никто на меня не покушался. Следовательно…

- Подожди, Рут, я понимаю, у тебя приступ паники…

- Ах вот как, ты понимаешь?!..

- Возьми себя в руки, иначе истерики не избежать. Послушай меня…послушай, что я скажу. Ты готова?

- Ну, что еще?

- Ты все равно не можешь уехать сегодня. Уже вечер, стемнело…да и потом, все эти вещи, квартира … Ты же не бросишь все свое имущество?

- Предлагаешь защищать барахло ценой собственной жизни?

- Нет. Я предлагаю тебе защиту.

- Ночь в тюремной камере?

- Ночь в моем доме. Надеюсь, нам с Сэмюэлем ты доверяешь?

- Не вполне.

- То есть как?

- А вот так. Думаешь, я не знаю, о ком ты заботишься в первую очередь, предлагая мне гостеприимство? Обо мне? Ха-ха, как бы не так. Ты заботишься о себе и о Тони. Тони получает свободу, ты и твой муж – лавровые венки победителей. А я? Что получу я?

- Чистую совесть,- четко и внятно отозвалась Джанет.

    Рут осеклась.

- Если ты не сделаешь того, что должна, тебе будет трудно жить дальше. Можешь мне верить, я знаю.

- В конце-концов, у тебя есть мои показания…

- Они могут не возыметь той силы, как честный, правдивый рассказ о случившемся из первых уст.

-Ох, хорошо, я приду туда, но…только с одним условием.

- С каким же?

- Если ты пообещаешь все дни до моего отъезда водить меня за руку. Джанет, я очень боюсь,- глаза ее наполнились слезами, и Джанет, потрясенная и растроганная, взяла ее ладони в свои.

- Обещаю, пусть даже мне придется взять для этого отпуск.

- Хорошо,- слабо улыбнулась Рут, смахивая набежавшие слезы.- Я остаюсь. Я выйду завтра на суд.

Глава тридцать девятая.

Для всех, собравшихся в зале, сегодняшнее действо было важным событием в жизни. Родственники жертв пришли с надеждой воздать за смерть своих близких. Они кидали на Тони гневные взгляды, и он, хоть и не был ни в чем виноват, ежился как от ударов хлыста.

Нужно было бы не смотреть в зал, в это волнующееся море людских лиц, но он смотрел, с тайной надеждой увидеть то, единственно любимое…

Для Мадлен, с трудом выпросившей себе дополнительный выходной и пришедшей поддержать Тони и Джил, этот день стал очередным крушением иллюзий, напоминанием о том, что Тони по-прежнему к ней равнодушен.

Глотая слезы, она была вынуждена наблюдать, как его взгляд мечется по залу, перескакивает из угла в угол и скользит по рядам, разыскивая Рут. Глаза его задержались на Мадлен лишь на мгновение. Небрежно кивнув, он отвернулся.

Зачем она тебе, любовь моя, ты же знаешь, что ей безразличен. Она не пришла… Ах, как много бы отдала Мадлен за возможность прокричать вслух эти горькие слова, за то, чтобы быть наконец услышанной!..

Джил, сидя рядом с подругой, страдала и за нее, и за себя с братом. Ей было больно видеть безмолвное отчаяние Мадлен – почти так же больно, как смотреть на Тони, запертого в клетке, словно дикий, опасный зверь. Сама себе не отдавая отчета, она ждала чуда, которое отопрет замки, сделав его свободным; разглядывала лица присяжных заседателей, гадая, что они за люди и как настроены. Она смотрела на Тони, и ей казалось, что разлука с братом длилась не менее десяти лет.

Она не узнавала его – чуть тронутые сединой виски, поникшие плечи, усталый рот, глаза как у побитой собаки … неужели этот грустный, измученный неволей и несправедливостью человек и есть ее брат, тот самый Тони, которого она так любит? Вот он откинулся на спинку привинченной к полу скамьи и закрыл глаза – Рут не пришла, надежды тщетны, а что касается всех остальных, ему до них нет никакого дела. Сейчас ее 22-хлетний брат походил на старика, и был момент, когда Джил до крови закусила нижнюю губу, опасаясь разреветься в голос.

Неподалеку от них сидел Ларри с женой и детьми. С пуританским, квакерским видом глава семьи глядел прямо перед собой, как будто заранее отметал все возможные упреки в близком родстве с преступником. Его жена изредка косилась в сторону Тони, дети, разинув рты, смотрели не отрываясь.

Действо завертелось. Сначала долго читали какую-то бумагу, и Джил на время отключилась, думая о своем. Скоро на месте Тони будут сидеть трое ее обидчиков, и ей предстоит вновь пережить тот кошмар, о котором не хочется вспоминать. Глухие рыдания заставили ее встрепенуться. Плакала миссис Макдауэлл, мать Доны, затянутая в черное с головы до ног, ее шепотом успокаивали, совали нюхательную соль, потом вывели из зала.

Адвокаты стали по очереди приглашать свидетелей. Старушенция Донован дребезжащим голосом поведала о бесстыжем поведении развратной парочки и, не жалея красок, расписала случившееся до последней детали. Из зала послышались смешки, и судья, постучав молоточком по столу, призвал всех к тишине.

Тони сидел, не поднимая глаз. Теперь понятно, почему Рут не пришла. Кому хочется стать объектом насмешек для всего города?

Ему вдруг показалось, что он заговорил вслух. Во-всяком случае, произнес вслух имя Рут – оно до сих пор отчетливо звучало в его ушах. Показалось? Нет, не показалось. Открылась дверь, и на пороге возникла она, Рут, собственной персоной.

Обрамленная дубовым дверным проемом, она выглядела как портрет какой-нибудь средневековой герцогини – высокая, стройная, рыжеволосая, надменная. Белизну ее кожи подчеркивал ярко-синий костюм – Тони обожал, когда она его надевала. Он смотрел на нее, не моргая – казалось, опусти на мгновение ресницы, и видение исчезнет, растаяв в воздухе.

Спустя несколько секунд Рут уже уселась на свидетельское кресло. Тони, как зачарованный, следил за всеми ее манипуляциями – вот ее приводят к присяге, затем она выслушивает напоминание насчет дачи ложных показаний, клянется говорить правду и только правду, вертит головой, явно кого-то разыскивая, останавливает на несколько секунд глаза на своем боссе, этом мозгляке Расселе, и победно усмехается, глядя ему в лицо. Кто-то начинает задавать вопросы, и Рут своим хорошо поставленным репортерским голосом, дает на них четкие и недвусмысленные ответы.

Тони слышит гул морского прибоя, всплеск и шорох волн. Он встряхивает головой, не понимая, что за наваждение его преследует. Все объясняется просто – в зале волнение, люди растеряны и взволнованы, сдерживать эмоции становится все труднее – уж больно интересные вещи рассказывает свидетельница.

Лицо Мадлен, мертвенно-бледное, неподвижное, как восковая маска, резко контрастирует с живым, ежесекундно меняющим выражение личиком Джил. Сжимая руки, сестренка задыхается, по ее щекам текут слезы – да что там происходит, в конце-концов?!

Тони пытается сосредоточиться, начать слушать, но стоит его глазам скользнуть по лицу Рут, по ее шевелящимся губам, и его мысли текут совсем в другом направлении.

В центре зала движение, кто-то вскакивает, вопит не своим голосом, его усмиряют, усаживают на место – да это же Рассел, начальник Рут…интересно, что могло его так взволновать?

Присяжные шушукаются, Рут, покинув кресло, остается в зале, и Тони из своей клетки смотрит на нее во все глаза.

Теперь на месте свидетеля Джанет Доусон – собранная, серьезная. Она говорит о сигарете, его сигарете, и судья кивает головой. Происходит что-то еще, кто-то куда-то бежит, но время для Тони остановилось, он ни на что не реагирует. Сегодня, сейчас, в этом зале решается его судьба, но ему наплевать на все, кроме Рут, ее глаз, которые она упорно отводит в сторону, ее буйных кудрей – именно их хочется ему видеть, именно их запомнить навсегда.

Присутствующие почему-то вскакивают со своих мест, кто-то торопливо звенит ключами, дверь клетки распахивается…

- Поздравляю,- широко улыбаясь, говорит конвоир, энергично встряхивая его руку,- а знаешь, я почему-то не сомневался, что ты выпутаешься!..

К Тони кидается толпа народу, его обнимают, выкрикивают поздравления, мнут и тискают сразу обе его ладони.

Свободен!! Свободен!! Душа стонет, не в силах поверить в такое счастье. Он видит Джил, изо всех сил орудующую локтями – она пытается пробиться в центр круга. Мадлен удается прорваться туда первой, она с размаху кидается Тони на шею, и он, все еще ошеломленный произошедшим чудом, позволяет ей исступленно целовать его лицо и губы.

Спустя несколько секунд его растерянность сменяется смущением, поверх голов парень смотрит на Рут, одиноко стоящую в отдалении. Она только что отделалась от разъяренного, брызжущего слюной и изрыгающего угрозы Рассела, в ее глазах брезгливость и отвращение. Повинуясь этому невысказанному вслух приказу, Тони осторожно, но настойчиво освобождается от объятий своей несостоявшейся жены. Из глаз Мадлен сыплются искры, потом брызгают слезы, она пытается схватить его за руку, удержать рядом с собой, но Тони, уже ни на кого не обращая внимания, как ледокол раздвигает плечами толпу, пробираясь к Рут.

- Тони, вернись! Вернись, прошу тебя! – в голосе Мадлен звенит неподдельное отчаяние.

Джил, так и не успевшая обнять брата, обнимает Мадлен за плечи.

- Не плачь, пожалуйста…ох, ну пожалуйста, не плачь! Он только поблагодарит ее и вернется, вот увидишь,- горячо уверяет она, прекрасно понимая, что все совсем не так.

Рут смотрит, как Тони приближается к ней. Лицо ее спокойно, но в глубине души бушует буря. Черт возьми, а ведь она и не подозревала, как сильно его любит! А может, это просто реакция жадной собственницы на то, что кто-то со стороны пытается увести парня, навечно принадлежащего только ей? Отвергнутые поклонники не нужны до тех пор, пока они не вздумают жениться на другой – скорее всего, она испытывает к Тони именно такие чувства. Хотя…

В два прыжка преодолев разделявшее их расстояние, Тони схватил Рут и заключил ее в объятия, и Рут, сама удивляясь своему порыву, прижалась к нему всем телом. Оба потрясенно молчали. Оба были слишком взволнованы, чтобы начать говорить.

…Когда Рут пришла в себя, в зале было пусто. Она даже не заметила, куда исчезли окружающие их люди – испарились, что ли? Глянув в лицо тони, она вдруг поняла, что он все это время беззвучно плакал, и вдруг…ощутила нечто, похожее на скуку – чувство, всегда охватывающее ее в присутствии Тони.

Конечно, приятно, когда тебя любят вот так, беззаветно, и не оглядываясь ни на что …а ведь он мог бы ее помучить, припомнив все – и откровенно враждебные репортажи, и нежелание поддержать в трудную минуту, и записку, бьющую прямо под дых… на месте Тони Рут поступила бы именно так. В любви ценна неопределенность – человек должен быть всегда чуточку неуверен в чувствах партнера, чтобы каждую минуту балансировать на грани между двумя безднами – безумием и счастьем…тогда и только тогда любовь поглощает тебя с головой, заставляя забыть все остальное. В противном случае она становится пресной, обыденной, привычной и удобной, как разношенные домашние тапки. Ты точно знаешь, что они ждут тебя под кроватью и никуда уже не денутся. Нет уж, увольте - такая любовь не кажется ей привлекательной!

Хлопнула дверь. Кто-то приближался к ней со спины. Оглянувшись, Рут увидела Мадлен – маленькую, решительную, с плотно сжатыми губами.

- Твоя невеста,- хмыкнула она, вложив в это слово весь накопившийся яд.

- Тони, нам надо поговорить,- в голосе Мадлен лязгнуло железо, и все воззрились на нее с удивлением.

Никто и предположить не мог, что малышка умеет разговаривать таким тоном!

- Пожалуй, мне пора,- Рут сделала движение, и Тони, испугавшись, что она и правда уйдет, удержал ее, обняв за талию.

- Я хочу поговорить с тобой наедине.

- Но у меня нет секретов от Рут,- с улыбкой ответил он, и Мадлен закусила губу.

- Тони, хочу тебе напомнить, что на послезавтра назначена наша свадьба, и ты обижаешь меня, обнимая другую женщину!

- Мадлен, милая…Прости, но ты ведь прекрасно понимаешь, что это была вынужденная мера. Если бы Джил была совершеннолетней, если бы мама не попала в больницу, мне не понадобилось идти на такой шаг. Они бы и сами справились. Мадлен, я ,наверное, виноват перед тобой, но…думаю, свадьбу можно смело отменить.

- А как же клятва? Ведь ты поклялся никогда не оставлять меня, Тони Райдер!

- Ты правда клялся?- фыркнула Рут.

- Да, Мадлен, клялся, но вспомни, в каком я тогда был состоянии… И потом, если бы мы поженились, я сдержал бы свою клятву, но я не обещал жениться на тебе, если стану свободным!

- Я лучше пойду,- снова дернулась Рут, но лишь для вида, и Тони без труда пресек ее попытку освободиться.

- Тони…это подло! Ты хоть понимаешь, что сделал подлость?- сквозь слезы спросила девушка.

- Подло навязываться человеку, у которого нет выбора,- негромко заметила Рут, глядя куда-то в сторону.

    В зале суда повисло молчание.

- Надеюсь, ты еще заплатишь за это, - не повышая голоса, сказала Мадлен, и Рут засмеялась, настолько по-детски выглядела угроза.

- Отныне ты будешь привозить нам пиццу за двойную цену, да?..

Не отвечая, Мадлен приблизилась к Тони, встала на цыпочки и осторожно коснулась губами его щеки.

- Прощай,- бросила она, прежде чем скрыться за дверью.

- Мне жаль, честно,- успел крикнуть Тони, но Мадлен даже не оглянулась.

Глава сороковая.

- Мама! Мамочка, это я... меня освободили, все разъяснилось,- Тони, склонившись над Стеллой, тревожно заглядывал ей в лицо.

Как было бы хорошо, приди она сейчас в себя! Но женщина по-прежнему не подавала никаких признаков жизни, и только слабо вздымавшаяся грудь показывала, что она еще дышит.

Джил всхлипнула.

- Как ты думаешь, она поправится?

- Обязательно,- твердо ответил он.- Нас всех ждет еще много-много радостных минут, вот увидишь!

- Ты разговаривал с отцом?

- Так...перекинулся парой слов. Этот... клялся, что ни на минуту не усомнился в моей невиновности. Врет?

- Врет. Он только и твердил, что ты – конченый человек.

- Ну и черт с ним, верно? Жили без него, и теперь проживем. Ох, Джил, как же счастливы мы будем!.. Только бы мама поправилась поскорее. Ты посидишь еще с ней?

- Да. Уже уходишь?

- Рут ждет.

- Тони!..

- Извини, сестренка, но это моя жизнь, так что лучше тебе не вмешиваться,- непримиримо отрезал он, и Джил протяжно вздохнула.

- Мне просто жаль Мадлен.

- Мне тоже. И хватит об этом, ладно?..

Рут не захотела идти проведать Стеллу вместе с Тони и Джил…еще чего не хватало!.. Кроме того, она чувствовала себя неспособной войти к женщине, которая попала в это страшное положение по ее вине.

А впрочем, почему из-за нее? Да, Рут обстреляла ее машину, но ведь она действовала из соображений собственной безопасности, нервы ее были на взводе, а эта дура устроила гонки на безлюдном шоссе…откуда Рут было знать, что Стелла безоружна, что у нее нет плохих намерений и, к тому же, настолько слабое сердце? Слава Богу, никто ни о чем не подозревает, а то, как пить дать, припаяли бы пару лет за превышение необходимой обороны!..

Стоп, как же никто? А Джанет?.. Рут ведь сама, как последняя дура, давала ей в руки свой револьвер – какое счастье, что у нее хватило ума оставить его в полиции, поддавшись на фальшивую заботу Джанет об ее якобы безопасности…вот хитрая сучка! Наверняка, она бы сразу отнесла его на экспертизу – полиция в таких случаях заботливо собирает все пули и гильзы с места преступления, а уж сопоставить одно с другим для них и вовсе плевое дело… Черт! Черт! Что за стерва эта Джанет! Воспользовалась сумбуром, царившим в душе Рут, чтобы выведать всю ее подноготную! И как хитро подошла, сумев разыграть сцену как по нотам…что же делать-то, а?

Выбросить! Нужно немедленно выбросить беретту! Они с Джанет разговаривали с глазу на глаз, свидетелей нет, а если оружия у Рут не окажется, никто не сможет ничего доказать.

Она огляделась по сторонам. Долго еще Тони собирается причитать над своей мамашей?! Рут некогда ждать. Джанет может появиться здесь с минуты на минуту, а револьвер, улика, до сих пор при ней!

Рут отлучилась в туалет, заперлась там и методично обшарила все шкафчики – нет, сюда нельзя, найдут в самое ближайшее время, найдут и сдадут в полицию к вящей радости миссис Донован, чтоб ей пусто было. Смыть в унитаз не удастся, спрятать в бачок – тоже, будет мешать сливному устройству. Ч-черт!..

Может быть, вентиляция? Она вскарабкалась на унитаз, потянула на себя решетку – ну ничегошеньки же не видно!- и, была не была, сунула револьвер в черную глотку вентиляционного люка. Потом заберу и перепрячу, копошились хмурые мысли…а сейчас давай, Доусон, лови меня!..

Тони уже ждал ее в коридоре, нетерпеливо переминаясь с ноги на ногу. При виде Рут лицо его расцвело, и она была вынуждена через силу выдавить ответную улыбку. Пусть порадуется, ему ведь так мало надо!..

- А я думаю, куда ты делась? Жду, жду… машина, вроде, на месте, значит, не уехала. Пойдем, посидим где-нибудь?

Рут не успела ответить ни «да» ни «нет», в ее сумочке зазвонил мобильный. Джанет, надо же! Легка на помине!

- Слушай, Рут, я же обещала водить тебя за руку, а теперь даже не знаю, где ты находишься,- весело заговорила та.

- В больнице. Вместе с Тони и Джил.

- Ага!.. Слушай, если хочешь, можешь и сегодня ночевать у меня.

- Спасибо, Джен, у меня, наверное, уже все убрали. Кроме того, я могу остаться у Тони или снять гостиничный номер, так что это не проблема.

- Ты передумала уезжать?

- Нет.

- Хорошо. Тогда вот что…завтра в девять я буду ждать тебя в своем кабинете. Нужно кое-что выяснить.

- Это насчет беретты, да?- спросила Рут самым нежным своим голосом.

- Ты избавилась от нее,- охнула Джанет, мгновенно обо всем догадавшись.

- Я же не дура. Мало ли что ты захочешь мне припаять.

- Ладно, я поняла. Но это не все. Рассел принес заявление. Обвиняет тебя в клевете и лжесвидетельстве. Во-всяком случае в том, что касается лично его.

- Пусть докажет обратное,- фыркнула Рут.

- Совсем ты завралась, Диксон,- вздохнула Джанет.- Ладно, до завтра, и смотри, не опаздывай!

- Пошла к черту,- скривилась та, пряча телефон обратно в сумку.

- Что за проблемы?- спросил Тони, нежно касаясь губами мочки ее уха.

- Ерунда, справлюсь,- мрачно отозвалась та.- Ты что-то говорил насчет обеда, или мне послышалось?

- Давай дождемся Джил и пообедаем все вместе,- предложил Тони, и раздражение большими буквами написалось на лице Рут.

- Начина-ается!..

- Рут, не могу же я ее бросить?

- Вот и отлично, отправляйтесь вдвоем!

- Зачем ты так?

- Как?

- Пойми, если бы с мамой было все в порядке, я мог оставить Джил с ней, и никаких проблем бы не возникло.

- Да?! А к нам в постель она тоже ляжет третьей, потому что боится спать одна в темной комнате?

- Рут, прекрати, прошу тебя!..

- Тони, ты ведь отлично знаешь, как я отношусь к твоей родне, и как она относится ко мне. Хочешь обедать с Джил – пожалуйста, но без меня!

- Рут, давай хоть сегодня не будем ссориться!

- А почему именно сегодня? Что, настал какой-то особенный день, может быть, праздник?!..

- Черт, иногда я готов прибить тебя!- гаркнул Тони во весь голос, и все на них оглянулись.

- Мы пообедаем, потом Джил отправится домой, а мы поедем развлекаться. Ну? Как тебе мой план?

- Отвратительно,- непримиримо буркнула Рут.- Послушай, ну что она до сих пор так копается? Мы что, должны будем торчать тут целые сутки?

Джил, как раз выходившая из палаты, уловила обрывок спора и оскорбленно поджала губы.

- С ней я никуда не поеду,- исподлобья глядя на Рут, заявила она, и Тони схватился за голову.

- Джил, ну ты-то!.. Все, девочки, хватит трепать мне нервы. Вы едете не друг с другом, а со мной, ясно? Ну, живо марш в машину! Джил, кому говорят?

В ресторане все глазели на них, словно наша троица прилетела с Марса. У входа оживленная стайка журналистов взяла интервью у Тони и Рут. Телекамер не было видно, и экс - репортерша усмехнулась, представив себе, какой переполох царит сейчас в стане Рассела. Разумеется, он не прислал группу…а что снимать-то? Свой позор?

К их столику то и дело подходили люди. Рут хранила невозмутимое выражение лица, Тони сиял улыбкой, но Джил, сжавшаяся в комочек, смотрела на всех с недоверием и неприязнью – в ее душе еще свежи были воспоминания о том, как враждебны были вот эти самые люди к ним со Стеллой. Она мучилась, зная то, что неизвестно Тони, и когда кто-то из сердобольных матрон вздумал пожалеть и ее, назвав «сиротой» и «бедной крошкой», так зыркнула глазищами, что сердобольная самаритянка осеклась на полуслове и поспешила отойти в сторону. Мало ли что…

Обед тянулся невыносимо долго. Рут и Джил старательно избегали смотреть друг на друга, а хорошего настроения Тони на троих не хватало. Когда принесли десерт, все вздохнули с облегчением.

- Ну, я домой,- объявила Джил, вытирая рот салфеткой.- Тони, ты остаешься?

- Мы приедем позже.

- Тони, ты извини, но маме не понравится, если…

- А жить мне в с вами в одном городе можно?- перебила ее Рут.

- Джил, пока мама в больнице…

- Как хочешь, но знай, что я тоже против!

- Да идите вы к черту, оба!- взвилась Рут.- Думаешь, мне ночевать негде?!

- Все в порядке,- успокаивал ее Тони.- Джил, ну что ты несешь!

Не отвечая, девочка повернулась спиной к ним обоим. Может быть, ей и в самом деле не нужно было наскакивать на эту рыжую ведьму?.. Вспомнив, как Стелла задыхалась от слез после ее несправедливых слов, транслируемых по всему штату, Джил сжала кулаки. Да, конечно, сегодня Рут спасла ее брата, только благодаря ей он на свободе, и все же…все же…

Вечер был непоправимо испорчен. Рут обозлилась так, что от нее летели искры, грозя поджечь все вокруг, и Тони никак не удавалось привести ее в норму – ни ласковые слова, ни поцелуи смягчить ее не могли. Они переместились в бар, немного выпили, немного потанцевали, потом удалились в отдельный кабинет, но – странное дело!- ничего не вышло, как Тони не старался.

Распалившись не на шутку, Рут принялась укорять его в том, что он растратил себя, бегая по шлюхам, что в грязи ему гораздо комфортнее, предлагала пойти в тупик, где он трахался с Челестой – может быть, те ящики еще сохранились?.. Потом она припомнила ему Мадлен – иногда Рут умела очень едко и зло высмеивать соперниц, и чаще всего это случалось в состоянии подпития, как теперь.

Разобидевшись, Тони завел разговор о записке, которую ему от нее принесли, и где говорилось, ни больше ни меньше как о другом мужчине и беременности. Эта записка и сейчас с ним, вот она, он может показать... Рут не желала ничего слушать, она требовала секса сейчас, немедленно, но выпивка и переживания всех этих дней подействовали на Тони не лучшим образом. У него ничего не получалось!..

Хлестнув незадачливого любовника по лицу снятыми трусами, Рут выбежала в бар, где собралось уже довольно много народа. Застегивая на ходу штаны, Тони рванулся следом. Их появление вызвало всеобщее веселое изумление, смех и грубоватые шутки.

- Импотент!!..- визжала Рут, путаясь в собственном белье.

Проскочив танцевальный зал, они вылетели на улицу, Рут мешком свалилась на сидение, и Тони плюхнулся рядом. Им пробовали помешать – в таком состоянии выезжать на улицу было нельзя, но Рут упорствовала, и завсегдатаи клуба, посмеиваясь, от них отступились. Такого здесь еще не видели, хотя мистер и ныне покойная миссис Дэйвис в свое время закатывали гулянки и похлеще.

Ветер, певший в кронах деревьев, немного освежил обоих. Свернув в лес и немного попетляв по дороге, Рут затормозила. Тони потянулся обнять ее, но Рут оттолкнула его руки.

- Убирайся к своей мерзкой Мадлен,- кривя губы, начала она.

- О Боже, при чем тут Мадлен?!

- При том, что я тебя ненавижу!!

- Нет, девочка, ты меня любишь,- серьезно возразил он.

- Наглец! Да как ты смеешь!- окрысилась она.

- Любишь, я знаю,- неверной рукой Тони попытался расстегнуть ее пиджак, но не рассчитал силы, и пуговицы с треском посыпались ему под ноги.

- Кретин, ты испортил мой костюм!

Не отвечая, Тони лихорадочно рвал застежку ее лифчика, упорно не желавшую повиноваться. Что-то лопнуло, раздался щелчок, и смуглые, тугие груди Рут вывалились в его подставленные ладони.

- Убирайся, я тебя не хочу!- упорствовала она.

- Эй, ребята, у вас все в порядке?- кто-то с любопытством глазел на их неуклюжую возню из окна своего авто, и Рут показала ему средний палец.

- Проваливай, грязная свинья!..

Тони впился поцелуем ей в шею и девушка громко захохотала.

- Зря стараешься, все равно ничего не выйдет!..

Тони и сам чувствовал, что не выйдет. Это пугало его – как же так, ведь он безумно хотел ее, да и она его вожделеет...а как же все те бессонные ночи в камере, когда он только и делал, что мечтал о ней?

- Импотент,- повторяла она со всевозрастающей злобой.

- Неправда, я не импотент,- слабо запротестовал он, но она перебила:

- Да?! А почему ж ты ничего не можешь?

Тони молчал , подавленный.

- А я ведь аборт от тебя сделала,- вдруг выпалила она.- Чик, и нету ребеночка.

- Как...аборт?!

-- А вот так. И еще с Расселом спала, пока ты в тюрьме отсиживался. А знаешь, что у него между ног? Кривая морковка, вот что! Кривая, да крепкая, ты понял?!

- Врешь! Скажи, что ты врешь, что ты все это только что выдумала!..- потрясенный услышанным, повторял и повторял он.

- Не-ет, милый, это все правда,- внезапно протрезвев, процедила она сквозь зубы.

- Да как же ты могла, Рут?..

- Уходи. Убирайся!! Боже, как ты мне надоел!.. Оставь меня наконец в покое! Оставь меня!

Он вновь попытался обнять ее, но получил неожиданно хлесткий удар по лицу.

- Получил свободу, так живи и радуйся! Больше мне нечего тебе предложить. Уходи, Тони. Уходи немедленно!..

- Рут, послушай, мы еще все можем наладить,- забормотал он, но она, не желая ничего слушать, заткнула уши пальцами, и что было сил замотала головой.

- Тряпка! Ты просто тряпка, ты не мужик! Мало тебе того, что я весь этот месяц бесчестила тебя с экрана? Мало того, что я тебе изменила? Спала с Расселом, с этим слизняком, позволяя ему то, что всегда было для тебя под запретом? Тебе мало, что я уничтожила твоего ребенка – его вырезали из меня по частям, но я была на все согласна, лишь бы порвать все нити, что связывали меня с тобой! Тебе мало?!! Тогда я скажу еще одну вещь. Твоя мать попала в больницу из-за меня – это я, я обстреляла ее на дороге, я!..

- Но почему? Зачем?!..

- Да потому, что я устала от всего этого! Потому что я ненавижу всех вас, и тебя в первую очередь, вот почему!- Рут и сама не понимала, что за бес в нее вселился, но остановиться уже не могла.

Во всем была виновата его овечья покорность – взвейся он, как любой нормальный мужик, ударь ее по щеке или даже врежь посильнее, люби он ее чуть меньше, и Рут не стала бы столь явно демонстрировать свою власть. Ну почему же Тони такой мямля?!..

- Ты правда хочешь, чтобы я ушел?- устало спросил он.

- Да, да, да !- заорала Рут, чувствуя, что сейчас сама бросится на него с кулаками.

Бросив на нее долгий печальный взгляд, Тони открыл дверцу машины и вышел в темноту. Сунув руки в карманы, ссутулившись, он ,не оглядываясь, побрел прочь.

Рут знала, что далеко он не уйдет. Тони тоже это знал, просто им обоим была нужна немедленная разрядка – такое уже бывало, и не раз. Она смерила взглядом спину своего удаляющегося любовника. Пусть уходит. Чем дальше уйдет, тем слаще будет примирение.

Рут посмотрела на себя – кошмар, ну и вид! Надо же с этим что-то делать!.. Она вспомнила, что в сумке где-то валялись две-три булавки, и полезла внутрь, чтобы их достать. Вот медведь, оторвал все пуговицы, подумала она уже беззлобно.

Рут застегнула лифчик, пошевелила плечами, чтобы грудь легла, как надо, и стала булавками закалывать пиджак. Пальцы ее не слушались. Уколовшись раз, другой, она рассмеялась и уронила руки на колени. За окном мелькнула чья-то тень. Вот и Тони. Ненадолго же его хватило!

Дверь приоткрылась и в щелку скользнула Мадлен, одетая так странно, что Рут в первую минуту даже не узнала ее. Волосы собраны в хвостик, щупленькое тельце затянуто в некое подобие водолазного костюма… ну, и что ей тут надо?

- В чем дело?- ледяным тоном спросила Рут.

Нежно улыбаясь, Мадлен взяла ее за подбородок, и Рут, ничего не понимая, сопротивляться тем не менее не стала. Слишком поздно она догадалась в чем дело – в руке Мадлен холодным блеском сверкнула хищная полоска стали, вдруг впившаяся в ее беззащитное горло. Рут крикнула, но крика не получилось – изо рта, вместе с кровавыми пузырями, вырвался полузадушенный хрип, взметнулись и опали руки.

Повалившись лицом вперед, она надавила на руль всем своим весом, и в ночь полетел долгий, тоскливо-злобный сигнал. Достигнув слуха Тони, он заставил парня встрепенуться. Что-то случилось, холодея, подумал он. Если бы Рут просто хотела позвать его назад, она могла бы подать несколько коротких гудков …зачем же поднимать тарарам на весь лес?

Впереди, между деревьями, мелькнул чей-то брошенный автомобиль, с настежь раскрытыми дверцами. Странно…

Думать об этом было некогда – Рут звала его. Тони повернулся и бросился бежать к ее машине, оставшейся в полумиле за спиной. Гудок разрывал ему сердце.

…Мадлен, бросив нож, выскочила наружу. Рут здорово облегчила ей задачу – остановив машину в лесу, она тем самым обеспечила отличное прикрытие своему убийце. Припаркуйся она где-нибудь в городе, где кто-то вечно пялится из окна, Мадлен, может, и не удалось бы уйти незамеченной. Такие удачные варианты, как с Челестой, убитой в тупике, по два раза не повторяются. Быть же схваченной на месте преступления ей очень и очень не хотелось. До сих пор она тщательно планировала все убийства, и все ей удавалось, вот только в последний раз, с этой толстозадой шлюхой получилось как-то спонтанно, но, по обыкновению, чисто, и если бы Рут не приспичило идти искать Тони, сидеть бы ему лет двадцать. И свадьба бы не сорвалась…

Подобно бесплотной тени, скользнула она в лес. Набрала номер полиции. Срывающимся голосом сообщила об убийстве. Тони как раз успеет как следует вывозиться в крови, когда полиция застукает его на месте преступления!..

Она представила себе, как он сунется в машину, начнет трясти Рут за плечи, как хлынет кровь, заливая все вокруг… как Тони поднимет голову и завоет смертельно раненым зверем, и… неожиданно улыбнулась солнечной улыбкой, от которой играли ямочки на щеках. Двойная цена за доставленную пиццу, так? Запоминающаяся шутка!..

Торопясь побыстрее отсюда убраться, она побежала к своей машине, прячась за деревьями, чтобы не попасться никому на глаза. Все эти женщины, что его окружали, да разве они годятся в подметки ей, Мадлен? Сила ее любви пугала Тони. Ему нравилось поддерживать легкий флирт – однажды Мадлен застала его целующимся с Доной, и этот поцелуй несколько месяцев спустя решил ее судьбу. Эрику от как-то отвез домой, с удовольствием приняв приглашение остаться у нее до утра, и Мадлен, всю ночь проторчавшая под дождем вблизи заветного окна, прекрасно знала, чем они занимались.

Господи, как же она ревновала, как плакала! Но хуже всего стало, когда появилась Рут. Теперь Мадлен уж точно ничего не светило. Тогда-то она и задумала блестящую комбинацию, нейтрализующую сразу всех его подружек, и если бы Рут вняла голосу разума и вовремя убралась из города, предоставив событиям идти своим чередом, то осталась бы жива, а Мадлен наконец получила Тони. Пусть это бы произошло не сразу, пусть только через два десятка лет, но получила бы – озлобленного, очерствевшего, неважно!- других вариантов у нее все равно не было.

Шагов Тони она не слышала. Наверняка, он уже там. Будем надеяться, что там. Завтра она снова станет нужной этой семье. Ну что же, если иначе нельзя…

Машина была на месте. Ужом скользнув внутрь, она схватилась за ключ, оставленный для удобства в замке зажигания, но пальцы ощутили пустоту. Ну вот, еще не хватало потерять ключ, подумала она, холодея, и попасться полиции тут, в лесу, рядом со свеженьким трупом!..

Кто-то облокотился на опущенное стекло. Тони?!..

- Вот уж не думал, что прибежишь ты,- сквозь зубы процедил он.

Мадлен, как затравленный кролик, снизу вверх глянула ему в лицо, затем резко рванулась в сторону, но Тони шутя поймал ее за плечо и, не примериваясь, ткнул кулаком в лицо. Даже не вскрикнув, она обмякла на сидении, как сломанная кукла.

Тони сел за руль, вынул ключ из нагрудного кармана, развернулся и покатил навстречу подъехавшей полиции. Рут больше не было, теперь он знал это точно.

Жизнь кончилась. ..

Жизнь начиналась!..

www.ingramcontent.com/pod-product-compliance
Lightning Source LLC
Chambersburg PA
CBHW070552180626
46817CB00005B/1809